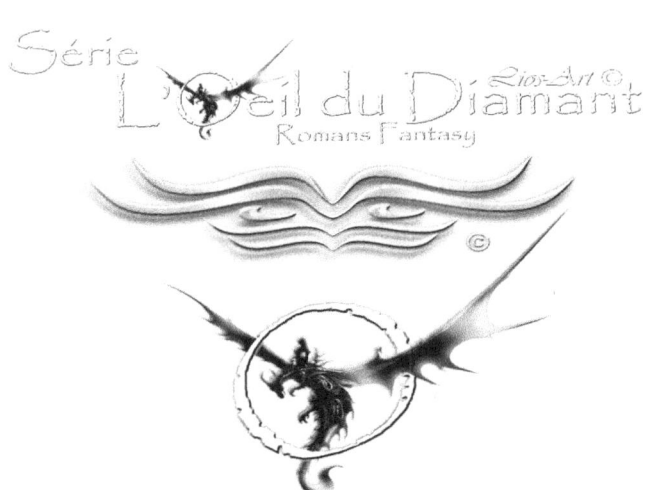

Série
L'Œil du Diamant
Lios-Art ©
Romans Fantasy

Édition ScriptoSceptique©

À L'ATTENTION DU LECTEUR

Vous tenez entre vos mains le premier tome de

La Saga de l'Unique,

une histoire se déroulant dans l'univers de L'Œil du Diamant.

Il est important de noter que cette saga préquelle est une œuvre de **dark fantasy** spécifiquement destinée à un

public averti (18 ans et plus).

Elle explore sans concession le parcours tragique de son protagoniste et contient des scènes explicites de violence graphique, de gore, ainsi que des thèmes psychologiques intenses tels que le deuil et le traumatisme.

Le ton particulièrement sombre et brutal de cette série est unique à l'histoire de Fléo Bleu. Il ne reflète pas l'ensemble de l'univers de L'Œil du Diamant. La saga principale, tout en étant mature et riche en action, est conçue pour un lectorat plus large.

Nous espérons que vous apprécierez cette plongée dans les origines les plus sombres de notre monde.

Série : L'Oeil du Diamant

Saga

La Saga de L'Unique

~

L'Éveil

Écrit par :

Lios-Art

(Aka : L. Bourgeois)

Illustration de la couverture par l'Auteur

Série : L'Oeil du Diamant
Saga : La première Dragonnière :

Vision du Passé — Tome 1
3e édition Février 2021

L'Horizon — Tome 2
1re édition Avril 2021

Le Déploiement — Tome 3
1re édition Avril 2022

Écho de la Nuit — Tome 4
1re édition Janvier 2023.

Saga : La Saga Des Jumeaux :

La Prophétie — Tome 5
1re édition Août 2023

La Rencontre du Destin — Tome 6
1re édition Août 2025

Le Marchepied des Mondes — Tome 7
- 2026

Saga : La Saga de L'Unique : Préquel

L'Éveil — Tome 1
1e édition Septembre 2025

Le Serment de Glace — Tome 2
- 2026

Le Fléo — Tome 3
- 2026

www.Lios-art.com

Admin@lios-art.com

Première Édition : Sept 2025

9 781998 905317

❧ *Dédicace* ☙

Pour toi qui tiens ce livre maintenant. Si tu fermes les yeux, essaie d'entendre Fléo. Il te racontera pourquoi il s'est levé.

Un merci tout particulier à **Sil Socrate**, l'une de mes lectrices les plus dévouées, qui a brillamment assuré la bêta-lecture de ce volume charnière, marquant un tournant drastique dans la saga. Merci également pour ton incroyable soutien, notamment à travers la création du groupe de fans *de L'Œil du Diamant* sur Facebook — un véritable phare dans cette mer de fiction.

Remerciement spécial

Enfin, à ma femme : ton amour et ton soutien indéfectible sont ma plus grande force.
Je t'aime de tout mon être.

www.Lios-art.com

Admin@lios-art.com

Index

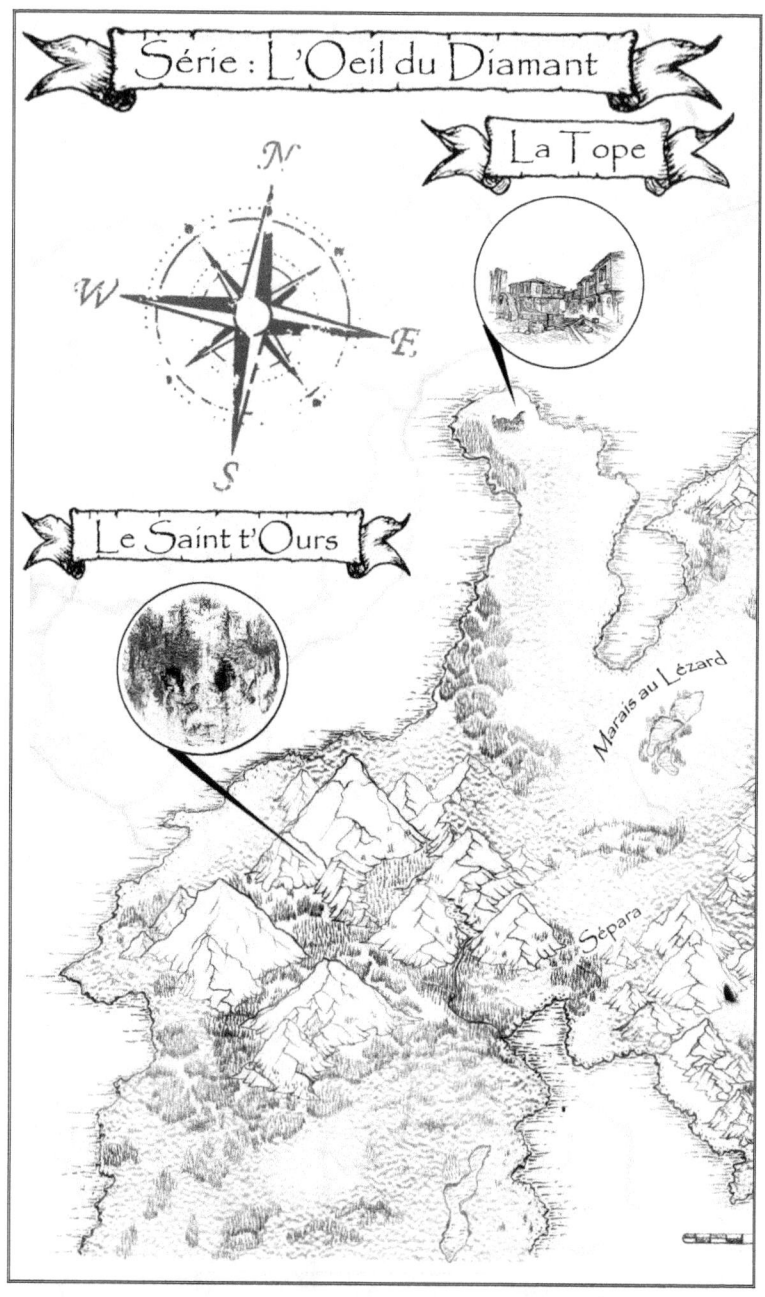

Série : L'Oeil du Diamant

La Tope

Le Saint t'Ours

Marais au Lézard

Sépara

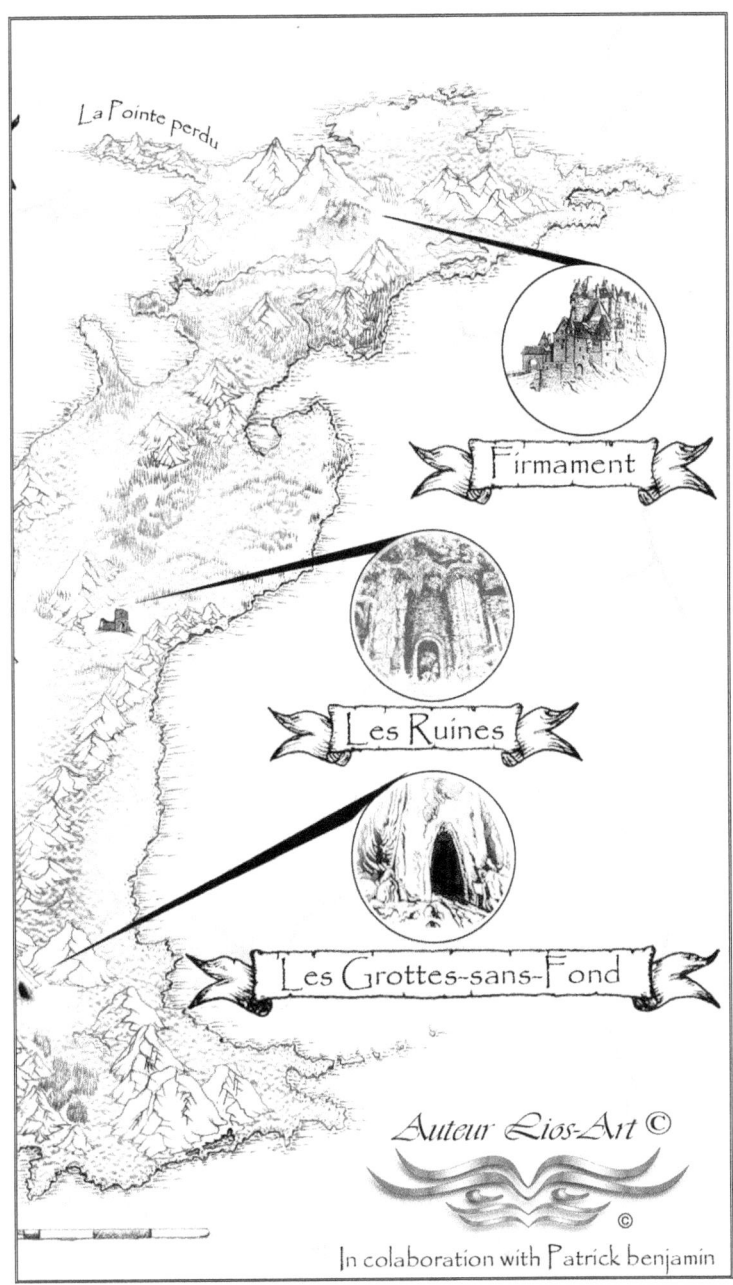

La Pointe perdu

Firmament

Les Ruines

Les Grottes-sans-Fond

Auteur Lios-Art ©

In colaboration with Patrick benjamin

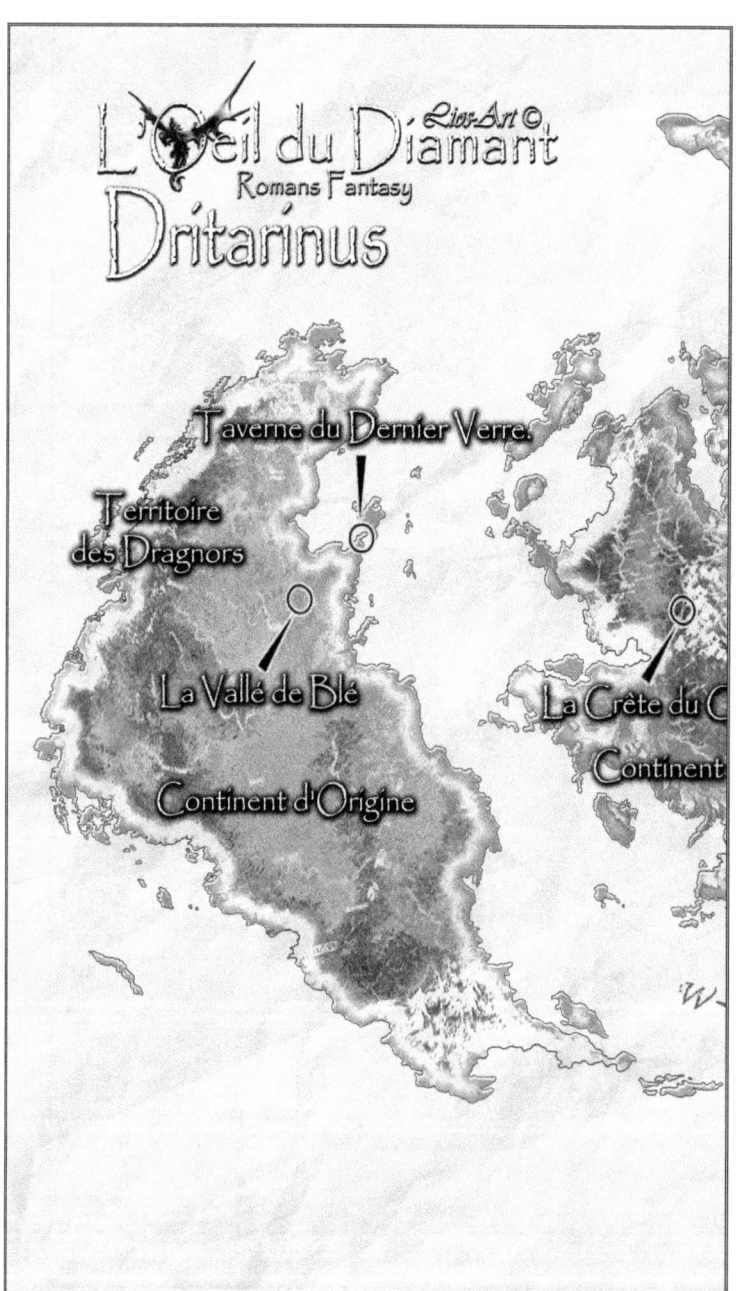

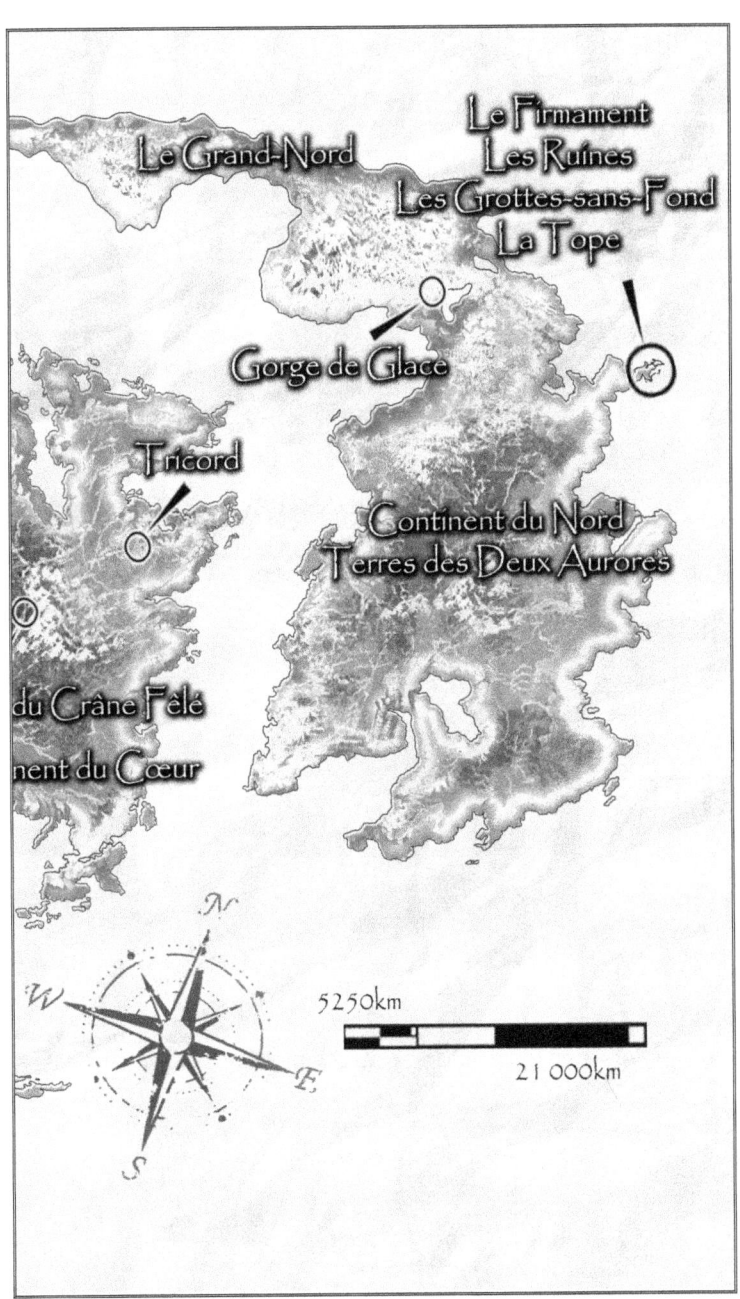

Le Grand-Nord

Le Firmament
Les Ruines
Les Grottes-sans-Fond
La Tope

Gorge de Glace

Tricord

Continent du Nord
Terres des Deux Aurores

du Crâne Fêlé

nent du Cœur

5250km

21 000km

11

Prologue

Mort Né

Au milieu de nulle part, la paix se tenait comme un flocon, sur le point de se dissoudre dans le souffle du monde.

Un coin de terre où le vent ne portait que le parfum du blé mûr et le murmure de l'eau qui court. Les montagnes encerclaient la vallée comme une vieille garde silencieuse, et au creux de cette étreinte, une butte se dressait une maison, pas plus grande qu'il n'en fallait, mais assez solide pour braver les saisons.

Les jours s'y écoulaient sans heurts. Le matin, la lumière filtrait sur les champs, caressant les épis d'un éclat d'ambre. On entendait la rivière tout près, bavarde et claire, qui roulait ses pierres rondes et abreuvait les terres. Le soir, la chaleur du foyer emplissait l'air d'odeurs de bois brûlé et d'herbes séchées, pendant que deux ombres immenses, celles de leurs dragons, s'étiraient sur les murs.

Ici, tout semblait immuable. Mais ce jour-là, le calme était une membrane fine, prête à se rompre. Dans cette maison, deux œufs attendaient la promesse de l'arrivée de leurs âmes sœurs. Bientôt, une femme donnerait vie à deux enfants, et l'un d'eux porterait un nom qui résonnerait à travers les âges.

Les draps étaient trempés, collants, comme s'ils avaient bu toute la peur et la douleur d'Elara. Ses cuisses, luisantes de sueur, tremblaient à chaque spasme. Sa respiration était saccadée, brisée par des halètements rauques. Ravetan lui tenait la main, mais sa paume glissait, pas de tendresse, juste la chaleur poisseuse de la lutte. À côté d'elle, la grande dragonne frissonna, ses griffes raclant le bois, vibrant de la souffrance que sa cavalière ressentait. Chaque crampe d'Elara faisait battre la poitrine de Cœur-de-Rose, comme si elle partageait les tourments de l'enfantement.

Une contraction déferla, violente, impitoyable, remontant du bas-ventre jusqu'au cœur comme une décharge brûlante. Elara gémit, un son creux, animal, presque une lamentation. Elle sentait la pression, cette force implacable qui poussait, qui ouvrait, qui forçait le passage. La cavité du col se dilatait, tirant sur chaque nerf comme si on l'écartelait de l'intérieur. Cœur-de-Rose émit un grondement profond, ses yeux flamboyant de compassion, et son expiration vibra au rythme des halètements d'Elara, partageant chaque déchirure avec elle.

"Respire," murmura Ravetan, mais sa voix semblait loin, étouffée par le fracas du sang dans ses oreilles.

Elle inspira, bloqua son souffle, et poussa. Tout son corps se tendit, son ventre dur comme la pierre. Elle sentit la couronne, la tête qui descend, qui s'engage. La brûlure était vive, coupante, comme si on lui extirpait un morceau de chair pour lui jeter du sel à froid sur la plaie béante. Puis une accalmie, brève, perfide, juste le temps de reprendre une gorgée d'air avant que la vague suivante n'explose.

Un cri déchira la pièce. Pas le sien, celui de la vie qui venait de passer. Chaud, humide, fragile, le bébé glissa hors d'elle comme un secret enfin arraché. Elara éclata en sanglots, pas de soulagement, mais de pur épuisement. Le cordon encore pulsant d'un pouls faible reliait mère et fille, et déjà Ravetan posait l'enfant sur sa poitrine, l'odeur métallique du sang et du vernis mêlée à celle du souffle brûlant de la dragonne qui veillait.

"Comment allons-nous l'appeler?" murmura-t-elle, sa voix, un fil ténu mais vibrant de joie.

Ravetan, son époux, s'approcha, son regard de nécromancien perdant pour un instant sa profondeur insondable pour ne refléter que de l'admiration. Il caressa sa joue moite. "C'est une fille. Alors à toi de choisir, ma belle coquille d'amour."

"Que penses-tu de Shina?" dit-elle en la serrant dans ses bras, un petit être merveilleux et déjà plein de volonté.

Ravetan s'avança et, avec un sourire, répondit : "C'est parfait, elle portera donc un nom qui signifie la vertu." Puis, d'un geste tendre, il prit délicatement l'enfant pour la déposer dans son berceau.

Au même instant, le premier œuf se fendit. La grande dragonne qui veillait sur ses petits à l'intérieur de la maison se pencha, poussant du museau la créature qui en émergeait : un bébé aux écailles d'un gris neutre, sans couleur, comme le sont tous les dragons avant que leur pigmentation ne se synchronise avec leur lié. Shina… c'est beau, résonna la voix profonde de la mère dragonne. Séréna sera son âme sœur.

On attendait la venue du second. Et la promesse se mua en agonie.

Le répit fut court. Trop court.

Une douleur plus sombre, plus lourde, rampa dans le bassin d'Elara. Ce n'était pas la vague qui porte, c'était la lame qui s'enfonce et tourne. Ses mains s'agrippèrent aux draps, ses phalanges blanchissant. Sa bouche s'ouvrit, mais aucun son ne sortit, juste un souffle étranglé, trempé d'angoisse.

La contraction monta en spirale, chaque tour resserrant l'étau autour de ses entrailles. Elle sentit la tête du bébé coincée, comme plantée dans un passage trop étroit. Chaque poussée se heurtait à une barrière invisible. La sueur coulait sur son visage, piquait ses yeux, salait ses lèvres fendillées. L'air humait la peur, le sang et la chaleur suffocante.

"Il ne descend pas… il ne descend pas…" haleta-t-elle, la voix brisée.

Ravetan serra plus fort sa main, mais ses regards cherchaient déjà autre chose, une solution, une échappée. Le temps s'étira, chaque minute, une éternité hachée par les douleurs. Les couvertures étaient devenues un lit de sueur collant, un héritant pesant sur la patience. Pendant ce temps, la dragonne tournait en rond, son cœur frissonnant à chaque effort d'Elara. Anxieuse, elle sentait que la souffrance n'était pas normale : quelque chose n'allait pas.

Puis la contraction suivante arriva. Et cette fois, ce fut pire : la brûlure, la déchirure, mais sans avancée. Comme si le corps du bébé refusait la lumière. Elara hurla, un cri éraillé, sauvage, assez pour écorcher la gorge. Ses doigts se crispèrent si fort sur le bras de Ravetan qu'elle y laissa quatre sillons rouges. Elle était sur le point de perdre conscience.

Des heures s'écoulèrent dans cet enfer. Elle perdit toute notion du temps. Tout ce qu'elle savait, c'était que l'aube s'était levée avec l'arrivée de Shina et que la nuit était sur le point de pointer le bout de son nez. Puis… un changement. Une pression plus forte, un passage qui céda enfin, et la tête apparut. Mais au lieu du cri attendu, il y eut le silence. Un corps froid. Une peau bicolore, bleutée et brune, tachée. Aucun souffle.

Elara suffoqua. "Non… non… Mon bébé."

Ravetan arracha l'enfant à ses bras et disparut dehors. Le vide laissé dans ses mains fut pire que la douleur. Elle voulut se relever, mais ses jambes étaient mortes, sa poitrine lourde, le sang battant dans ses tempes. À travers la porte ouverte, elle entendit les ordres de Ravetan, la voix tendue : "Vite! J'ai besoin de ton souffle électrique!"

Il sortit un grimoire de sa poche, feuilletant les pages à la hâte, ses doigts habituellement si stables tremblant d'urgence. Le grand dragon noir approcha, s'arrêtant net, visiblement sous le choc à la vue du petit corps inanimé. Le nécromancien tomba sur un passage. De ses index, il traça des symboles complexes et fébriles dans la terre même.

Soudain, l'enfant se mit à suffoquer, ses petits poumons recracha l'eau et les sécrétions, un râle fragile s'échappant de sa gorge avant qu'un cri aigu ne le suive.

Un cri a tout déchiré. Un cri non pas de vie, mais de rage contre le vide qu'il venait de quitter.

La Mort l'avait rejeté.

Soulagé, son père le regarda, si minuscule, si maigre qu'il semblait fait de brindilles et d'ombre. Il le prit dans ses bras.

"Fléo…" murmura-t-il, la voix épuisée par l'émotion. "Oui, Fléotan sera ton nom. Tel fut ta venue au monde… rejeté par la Mort elle-même."

Cependant, à l'intérieur de la maison, dans le silence soudain, on entendit le son d'un cœur qui se brisait. C'étaient les pleurs sourds et profonds de la dragonne mère, qui venait de constater le décès de son deuxième œuf.

Introduction

Y Voir à l'Os

Fléotan avait six ans.

Assis dans la poussière dorée devant la porte d'entrée, il avait délaissé les jouets en bois qui gisaient sur le côté, comme des amis abandonnés. Il avait trouvé un petit os blanchi par le soleil, probablement celui d'un rongeur, et s'en servait comme d'une pelle délicate pour creuser dans le sable. Il bâtissait une butte, un petit fort fragile contre le vide de l'après-midi. L'ennui était un compagnon lourd, silencieux.

Soudain, sa sœur jaillit de la maison comme un trait de lumière, passant si près qu'elle faillit le renverser. Sans un regard pour lui, sa voix fusa, claire et pleine de joie : "Séréna, viens vite! On va voler jusqu'à la cascade!"

La jeune dragonne dorée la suivit dans un tourbillon d'écailles scintillantes. Dans sa course, un coup de queue insouciant balaya la petite butte de sable. L'édifice s'effondra en un soupir de poussière. La surprise sur le visage de l'enfant laissa place à une frustration brûlante, un goût de cendre dans la bouche.

"Hé, fais attention!" lança-t-il, mais sa voix était trop faible, déjà avalée par le vent.

Elle était trop loin pour l'entendre. Il la regarda s'éloigner, un point gris entremêlé de vert dans le bleu du ciel, et dans un mouvement de rage impuissante, il se leva et donna un coup de pied violent dans la terre. Il serra le poing de toutes ses forces, ses petits ongles s'enfonçant dans sa paume, mais son regard ne se détachait pas de sa jumelle.

Il l'avait toujours connue avec sa dragonne, mais plus le temps passait, plus ce vide à ses côtés devenait un gouffre. Pourquoi elle, et pas lui? La question était un serpent qui lui mordait le cœur. Cette même semaine, lors de leur première leçon de vol, il avait dû les regarder s'élever, lui, cloué au sol comme une pierre au fond de la rivière. Sa mère lui avait bien proposé de monter sur le dos de Cœur-de-Rose, mais il avait refusé. L'idée l'attirait, bien sûr, mais la blessure de ne pas avoir *son propre* dragon était trop vive, trop humiliante.

Craque!

L'os dans sa paume se brisa net sous la pression. L'une des échardes, acérée comme un poignard miniature, le lacéra. Il ne réagit pas tout de suite. Habitué à la douleur que son corps fragile lui infligeait souvent, il garda son attention fixée sur le ciel vide jusqu'à ce que sa sœur ait complètement disparu. Alors seulement, il baissa le bras et contempla sa main toujours fermée.

Lentement, il ouvrit les doigts. Le premier morceau d'os tomba au sol. Le second était planté dans sa chair. Quelques perles de sang, d'un rouge presque noir, s'échappèrent de la plaie. Avec un soupir las, presque ennuyé, il fit tourner son index dans la petite flaque de sang au creux de sa paume, dessinant d'abord un sourire macabre qui se mua rapidement en une expression de tristesse sous son doigt, fascinée par la trace qu'il laissait, avant de refermer la main, emprisonnant l'écharde à l'intérieur. Il se pencha, ramassa l'autre morceau, et rentra dans la résidence sans faire un bruit.

Sa mère était partie. En temps normal, c'est elle qu'il aurait été voir. "Papa!" appela-t-il dans le vide.

Aucune réponse. Il traversa le salon et se dirigea vers le long couloir sombre à l'arrière de la maison. Instinctivement, il se mit à marcher sur la pointe des pieds. Ce corridor ne menait qu'à une seule pièce : le bureau de son père. Un lieu où il n'avait pas le droit d'entrer, sauf en cas d'extrême urgence.

Il hésita devant la porte. "*Est-ce une urgence?*" se demanda-t-il en regardant son poing ensanglanté. "*Ça fait un peu mal... Ça saigne...*" C'était une excuse fragile, mais la curiosité était plus forte.

La porte n'était pas complètement close, juste entrouverte, laissant filtrer une fine lame de lumière et une odeur d'herbes séchées et d'encre. Il s'approcha discrètement, appuya une main sur le cadre du mur et, retenant son souffle, colla son visage contre l'entrebâillement, fermant un œil pour mieux voir.

Son père était assis sur une chaise faite de rondins de bois brut. Ravetan avait bien des talents, mais la menuiserie n'en faisait pas partie, et tout le mobilier de la pièce en témoignait. Son bureau n'était guère plus luxueux : quatre bûches en guise de pieds et un dessus fait d'une énorme pierre sombre, coupée en une parfaite demi-lune. Aux murs, des étagères croulaient sous les bocaux et les pots remplis d'ingrédients divers : des racines tordues, des poudres colorées, des yeux conservés dans un liquide ambré. Seule une petite bibliothèque semblait parfaitement rangée, ses livres anciens aux reliures de cuir épargnés par la poussière.

Mais ce qui capta le regard de Fléotan fut un vieux coffre posé au centre de la pièce. Sa surface était faite d'un ivoire qui avait été teint d'un noir mat, gravé sur toutes ses faces de symboles sinueux qu'il n'avait jamais observés.

Soudain, son père lâcha sa plume et se leva. Croyant avoir été entendu, Fléotan recula d'un bond, le cœur battant à tout rompre dans sa poitrine. Il attendit, certain d'apercevoir la porte s'ouvrir et de subir le regard perçant de son père. Mais l'entrée resta close. À la place, il écouta l'intonation de Ravetan, profonde et basse, prononcer des mots dans une langue gutturale qu'il n'avait jamais entendue auparavant.

Soulagé, Fléotan se rapprocha, l'oreille tendue. Il ne voyait plus son père mais devinait qu'il se trouvait au centre de la pièce, face à ce coffre interdit. La voix s'arrêta, suivie d'un grincement de métal. Puis un bruit de frottement, comme si on grattait une surface dure. *"Qu'est-ce qu'il fait?"* pensa Fléotan, sa curiosité devenue une démangeaison insupportable.

Il se pencha un peu plus, juste un centimètre de trop. Il perdit l'équilibre.

Dans un fracas qui fit trembler le silence, il fit irruption dans le bureau, la porte heurtant violemment le mur. Ravetan sursauta, un grimoire ouvert entre les mains. Dans son mouvement, il accrocha le couvercle du coffre, qui se referma dans un claquement sourd et final.

Fléotan n'en revenait pas. Il ne remarqua même pas le regard frustré de son père. Ses yeux étaient rivés sur la malle qui, une fraction de seconde plus tôt, avait semblé abominablement vivante. Une image irréelle s'était imprimée sur sa rétine : des bras osseux, blancs et décharnés, avaient jailli du haut du couvert comme s'ils s'extirpaient d'un lac noir. Leurs doigts squelettiques s'étaient agrippés au rebord inférieur avant de disparaître, avalés par l'ivoire qui s'était refermé sans laisser la moindre fente, la moindre marque. Comme si de rien n'était. Comme si le cauchemar n'avait existé que pour lui.

"Que fais-tu ici?" gronda son père. "Tu sais très bien que tu n'as pas le droit d'être là quand je travaille. Tu es encore trop jeune et c'est dangereux."

"Excuse, Papa!" répondit Fléotan en se relevant, la poussière sur ses genoux.

Au moment où il se détournait pour sortir, la honte au ventre, son père l'interrompit. "Tu t'es blessé?"

La voix de Ravetan avait changé. Toute la frustration s'était évaporée, remplacée par une lueur d'inquiétude paternelle. Il avait vu la goutte de sang qui tombait du poignet de son fils pour s'écraser sur le sol en pierre.

"Ah, oui. Tantôt dehors, en jouant avec un petit os que j'ai trouvé."

L'expression de son père se fit plus sérieuse. "Viens ici."

D'un geste, il se dirigea vers son bureau. D'un revers de la main, il balaya les parchemins et les fioles disposés au centre, puis y déposa le lourd grimoire noir qu'il tenait toujours. Il se retourna, souleva son garçon comme s'il ne pesait rien et l'assit sur la pierre froide.

"On va s'occuper de ça avant que ça ne s'infecte. Reste là, et ne bouge pas pour ne pas tomber. On ne voudrait pas que tu te blesses encore plus."

Il alla chercher une petite boîte sur une tablette, puis arracha quelques feuilles d'une plante sombre suspendue près de la porte. Il les porta à sa bouche et commença à les mâcher. Il posa le contenant à côté de la cuisse de Fléotan et l'ouvrit, révélant des rouleaux de tissu propre.

"Montre-moi ça, que je voie à quoi ça ressemble."

Ravetan fut surpris que le jumeau ne soit pas en train de pleurer à chaudes larmes. Dans sa chute, l'écharde d'os s'était enfoncée encore plus profondément. Il en saisit l'extrémité entre son pouce et son index. Fléotan grimaça, mais son regard était attiré par le coffre noir, juste derrière son paternel.

"Attention, ça risque de faire un peu mal," l'avisa-t-il avant de tirer d'un coup sec.

Fléotan serra les dents, ses jointures blanchissant. Une unique larme trahit sa douleur, mais il resta trop fier pour le montrer. Son père laissa tomber l'os ensanglanté sur le bureau et cracha le mastic verdâtre qu'il avait dans la bouche pour l'appliquer directement sur la blessure. L'odeur était amère et végétale.

"Qu'est-ce que c'est?" demanda le petit, fasciné.

"Ça, c'est de la feuille-des-morts. Elle aide à refermer la peau sur ton bobo."

"Pourquoi, on appelle ça comme ça? C'est drôle… Si ça guérit, pourquoi, on dit "des morts"?"

Son père sortit l'un des rouleaux de tissu et, tenant la main de l'enfant dans sa large paume, commença à dérouler le pansement. "C'est vrai que c'est drôle. On la nomme comme ça à cause de sa couleur rouge sang quand elle vieillit, et des fruits qu'elle fait. Les fruits ressemblent à de minuscules crânes et sont tellement acides qu'ils peuvent brûler la peau, donc tu ne touches pas. Mais les feuilles sont bonnes. Il y a une légende qui dit que si on connaît les bons ingrédients, on pourrait même arriver à soigner les morts."

Les yeux de Fléotan s'agrandirent, buvant chaque parole avec une attention dévorante. "Et c'est quoi, les ingrédients?"

Voyant l'avidité dans le regard de son gamin, Ravetan ravisa son approche. "Oh, ce n'est qu'une légende, tu sais… On ne peut pas vraiment guérir les morts."

"Mais tu peux les ramener, non?" insista Fléotan, sa petite voix pleine d'une logique implacable. "Ça veut peut-être dire qu'on peut les guérir?"

"Euh…" Son père chercha visiblement une porte de sortie, ses yeux balayant la pièce avant de se poser sur le morceau d'os souillé de sang sur le bureau. "Sais-tu de quel animal il s'agit?"

"Non, pas du tout. C'est quel animal?"

"On va le trouver ensemble. Reste là, ne bouge pas pour ne pas tomber." Il se dirigea vers sa bibliothèque et en sortit un petit grimoire à la couverture de cuir usée. Il n'eut pas besoin de chercher, connaissant l'emplacement de chaque livre par cœur. En revenant vers Fléotan, un rare sourire flotta sur ses lèvres.

"Je sais que tu es encore jeune pour ceci, mais il faut dire que tu sais déjà mieux lire que moi à ton âge. Tiens. Je te le donne. C'était mon tout premier livre quand j'ai commencé à apprendre l'art de notre famille."

Les yeux du garçon brillèrent en empoignant le grimoire. Les coins étaient élimés par le temps et l'usage. Il déchiffra lentement le titre gravé sur la couverture : "Grimoire niveau 1… du Mirage Macabre."

Son père prit le petit os. "Vois-tu, l'un des premiers enchantements que je vais te montrer est un sortilège d'illusion. Il ne ramène pas la créature à la vie, mais fait revenir son essence, l'écho de ce à quoi elle ressemblait. Une sorte de fantôme, sans âme."

Sous le regard attentif de son garçon, Ravetan murmura une courte formule. L'os se souleva de la surface de la pierre, planant dans les airs. Une lumière bleutée et tremblotante en émana, dessinant peu à peu la forme d'un petit être translucide.

"Tu vois, le morceau était une patte arrière. Il est exactement là où il appartenait," dit son père, sa voix douce.

Le fémur flottait au centre de la cuisse fantomatique qui se dressait maintenant dans la paume de Ravetan.

"C'était un écureuil," s'exclama Fléotan, complètement émerveillé, oubliant la douleur, le coffre et sa propre solitude.

La conversation avec son père avait laissé une empreinte brûlante dans son esprit. Cette nuit-là, Fléotan ne dormit pas. Le petit grimoire de cuir reposait à côté de lui, ouvert à la page du "Mirage Macabre". Il la connaissait déjà par cœur. Sa main bandée lui lançait des picotements, un rappel constant de la journée qui avait tout changé.

Le coffre et ses bras osseux. La feuille-des-morts. Le fantôme de l'écureuil. Chaque image tournait en boucle dans sa tête, mais une seule s'imposait avec la force d'une obsession : l'idée d'un œuf, son œuf, caché quelque part sous la terre.

Avant que l'aube ne commence à grignoter l'obscurité, il glissa hors de son lit. Pieds nus sur le plancher froid, il se faufila à l'extérieur de la maison. Il n'avait pas assisté à l'enterrement, il n'avait que deux jours, trop petit, trop faible, mais il avait entendu l'histoire, murmurée entre ses parents les soirs de tristesse. Ce n'était pas son père qui avait creusé la tombe. C'était Cœur-de-Rose, la grande dragonne de sa mère, qui, dans un acte de deuil maternel, avait elle-même préparé un lit de terreau pour l'œuf sans vie.

Il savait où aller.

Derrière la maison, à l'orée du bois, se trouvait un minuscule monticule, à peine visible. Une simple stèle de pierre brute y avait été plantée, sans nom ni inscription. Mais le sol y était différent, tassé, comme si le chagrin d'une dragonne l'avait rendue stérile pour toujours.

Il tomba à genoux. Puis, avec une détermination féroce, il commença à creuser. Il n'avait pas de pelle, seulement ses mains nues. La terre était froide et collante, s'insinuant sous ses ongles. Il explora avec une énergie née du désespoir et d'un nouvel espoir fou, ignorant les petites pierres qui écorchaient sa peau.

Enfin, un choc sourd.

Ses doigts effleurèrent une surface qui n'était ni de la terre, ni de la pierre lisse. C'était une texture rugueuse, organisée. Comme… des écailles.

Doucement, presque religieusement, il dégagea la terre tout autour, révélant une coquille d'un noir mat et profond, raboteuse au toucher. Il ne l'avait jamais vue de sa vie, et pourtant, en posant ses deux mains dessus, une certitude foudroyante le traversa. Ceci était à lui. Ce n'était pas un souvenir, c'était une reconnaissance d'âme. La pièce manquante.

Il le souleva de son berceau funèbre. Le poids était considérable, mais ce n'était pas le poids d'un fardeau. C'était le poids d'une absence enfin rendue tangible.

Avec le pan de sa chemise de nuit, il essuya méticuleusement les résidus, révélant la texture complexe de la coquille pétrifiée. Il le serra contre sa poitrine. Le froid intense de la chose s'infiltra à travers le tissu jusqu'à sa peau, mais il n'y prêta pas attention. Il se sentait, pour la première fois de sa vie, complet.

Tremblant, il posa l'œuf au sol. Les mots de son père résonnaient dans sa tête. Il murmura la formule du Mirage Macabre, tendant une main hésitante vers la coquille. Une lueur bleutée vacilla, et l'ombre d'un dragon, translucide et majestueux, se forma un instant au-dessus de l'œuf avant de disparaître. C'était lui. Son âme sœur. Une larme roula sur la joue de Fléotan.

Chapitre 1

Le Champ des Murmures

La routine était devenue une seconde nature. Attendre. Prononcer les mots. Emprunter. Étudier. Rapporter. Fléotan jouait à ce jeu dangereux depuis l'âge de six ans, un jeu où il avait pris goût au risque, au pouvoir feutré des arts occultes. Il avait déjà lu et relu chaque volume accessible dans le local, copiant des pages entières, mémorisant des passages, tentant des rituels mineurs qui s'éteignaient comme des feux follets dans la pénombre de la grange.

Mais le coffre gardait ses secrets les plus profonds. Certains grimoires étaient indéchiffrables, écrits dans des langues mortes ou des dialectes démoniaques. Deux d'entre eux étaient simplement scellés, impossibles à ouvrir, protégés par une magie qu'il ne comprenait pas encore.

Aujourd'hui, il se tenait devant la boîte de Pandore de sa famille, le couvercle d'ivoire noir relevé. Quel mystère allait-il affronter? Son choix était déjà fait. Il sortit le plus gros volume, le plus ancien. Une reliure confectionnée d'une peau tannée qui semblait avoir conservé la moiteur d'une chair vivante. Des phalanges humaines tenaient lieu de tranche. À chaque coin, la patte empaillée d'une créature inconnue maintenait le livre scellé. Même le sort du Mirage, testé en secret sur l'un des os, n'avait pu révéler l'écho de la bête.

Le poids du manuel dans ses mains lui parut soudain familier, et il se revit, jeune et frêle, lors de sa toute première incursion. Il avait à peine eu sept ans, une semaine à peine après que son père lui eût offert son premier grimoire. Shina et sa mère étaient dehors, s'entraînant au vol stationnaire. L'occasion avait été parfaite. Il avait dû reprendre l'invocation à plusieurs reprises, sa petite voix trébuchant sur les syllabes. Quand le coffre s'était ouvert, ses paupières s'étaient agrandies au même rythme. C'était sa première vraie victoire. Si une formule pour guérir la mort existe, elle doit être là-dedans. Avec un effort immense, il avait sorti ce même livre, qui lui avait aussitôt échappé des mains pour s'écraser sur le sol dans un vacarme assourdissant. Il s'était figé, le cœur battant, cherchant un endroit où se cacher, réalisant avec horreur qu'il n'y en avait aucun.

En cet instant, le livre lui paraissait tout aussi lourd, mais il n'était plus l'enfant de jadis. Aujourd'hui, il tenterait à nouveau de briser le sceau. Il avait apporté son sac, contenant des années de notes, des pages méticuleusement répliquées, chaque symbole, chaque dessin recopié avec une précision d'archiviste.

Il n'eut pas le temps de s'enfuir. Shina entra dans la maison, l'aperçut, et son visage se figea.

Elle ne reconnaissait pas ce volume. Elle ne l'avait jamais vu. Mais elle n'avait pas besoin de le connaître. La couverture de peau moite, les phalanges humaines qui servaient de reliure, l'aura de malveillance qui semblait suinter de l'objet… tout en lui hurlait que c'était différent, que c'était une transgression d'un tout autre ordre. Un souvenir la frappa, non pas comme une pensée, mais telle une cicatrice qui se rouvrait à vif, déversant son poison dans ses veines.

Elle se revit, il y a des années, cachée derrière la porte de la grange, la paume plaquée sur sa bouche pour étouffer un cri. Son père n'avait pas engueulé. C'était pire. Il tenait la simple page de notes volées par Fléotan, le parchemin tremblant dans sa main tendue. Ses yeux s'étaient posés sur son fils, froids comme le givre. "Tu veux vraiment voir ce que ça fait?" avait-il demandé, sa voix basse, dépourvue de toute chaleur.

Le "oui" de son frère était à peine un souffle, mais chargé d'un défi insensé.

Le regard de leur père s'était durci, devenant presque noir. "T'es sûr que c'est ce que tu veux?"

Avant que Fléotan ne puisse formuler une autre réponse, le geste fut d'une rapidité foudroyante. Ravetan l'avait saisi par les deux poignets et les avait abattus avec une force inouïe sur l'autel artisanal en pierre que Fléotan lui-même avait bâti au centre de la grange. Le choc produisit un bruit mat et humide, un écho de chair et d'os heurtant la roche, et Shina aurait juré entendre les ossements de ses poignets protester, craquer sous l'impact. Un hoquet de douleur étranglé fut le seul son qui s'échappa de la gorge de son frère.

Leurs yeux s'étaient verrouillés, à quelques centimètres de distance. Et Shina avait écouté cette voix pour la première fois, une intonation qu'elle n'oublierait jamais. Ce n'était plus celle de son père, mais celle du nécromancien. Elle ne vit pas les orbites de son père, heureusement car cette vision de lui n'en aurait que plus terrifiant.

Il s'était mis à formuler l'incantation inscrite sur la page.

Une fumée noire et huileuse avait commencé à s'élever de sous sa prise, empestant la chair brûlée et la pierre surchauffée. Shina avait regardé, horrifiée, des fissures sombres, comme des toiles d'araignées gravées par la foudre, ramper sur la peau des poignets de son frère. Elles crépitaient doucement, s'illuminant d'une lueur maladive, d'un violet presque noir, et remontaient vers ses avant-bras. Et Fléotan n'avait pas crié. Il avait juste serré les dents si fort que les muscles de sa mâchoire saillaient sous son épiderme fin. Son visage était tordu par une agonie silencieuse, il retenait ses larmes, mais l'une d'elles échoua malgré lui sur sa joue sans un son, tandis qu'il mordait sa lèvre inférieure jusqu'à ce que le sang coule le long de son menton, il voulait se montrer fort prêt à endurer la douleur coûte que coûte. Quand Shina l'avait questionné pourquoi? Il lui avait simplement répondu. "Un nécromancien doit être résistant et je dois prouver à notre père que je suis prêt à tout pour qu'il m'enseigne son art."

Si une seule page volée avait mérité ça, qu'est-ce que cette abomination allait déchaîner?

La panique, pure et viscérale, l'emporta.

Et la course commença.

Le soleil de leurs quatorze étés cognait sur le champ, transformant la vallée en un océan d'or ondulant. Fléotan fendait le blé à tête de quenouille, le froissement des tiges sèches couvrant à peine sa respiration saccadée. Il n'était plus un enfant, mais un adolescent aux membres fins, à la peau bicolore, noire et bleutée tachetée brun foncé, un être fait d'angles et d'urgence. Dans le creux de son coude, il serrait l'œuf de pierre contre lui, tandis que son autre main agrippait une liasse de parchemins arrachés à leur reliure.

Une voix qu'il connaissait trop bien fusa à travers le champ, exaspérée et inquiète. "Non! Tu sais que tu n'as pas le droit d'y toucher! Rapporte ça où tu l'as pris et les livres aussi!"

Shina le rattrapait. Il risqua un regard en arrière. Elle était là, déterminée, ses cheveux blonds, un éclat de lumière dans la mer dorée.

"Fous-moi la paix! Il est à moi!" cria-t-il, sa voix se brisant dans l'effort. C'était vrai. Ce savoir lui appartenait. Il le sentait.

Le mouvement s'interrompit brusquement. Il avait atteint une petite clairière où le blé, moins dense, révélait le sol craquelé par la chaleur. Shina le rejoignit, s'arrêtant à quelques pas, les mains sur les hanches, le souffle court.

"Tu es trop jeune pour ces bouquins-là," haleta-t-elle, son regard fixé sur les pages volées. "Ce ne sont pas des jouets."

Un sourire mauvais, un rictus de défi, se dessina sur les lèvres de Fléotan. "Tu veux le livre?" commença-t-il, sa voix pleine d'un venin qu'elle ne lui connaissait pas. "Alors… Attrape!"

Son bras maigre jaillit. Mais ce ne fut pas le grimoire qu'il lança. Il plongea la main dans son sac et son propre ouvrage qu'il avait intitulé "Grimoire des incantations nécromanciennes". Ses notes, des heures de travail revola dans les airs et s'écrasa lourdement dans le champ, la reliure cédant sous le choc, projetant des feuilles de parchemin.

Il vit la panique dans les yeux de sa sœur tandis qu'elle se précipitait vers le point de chute. "Papa va être fâché après toi s'il apprend que tu as volé son livre sans permission!" cria-t-elle en s'éloignant. "Il est mieux de ne pas y avoir la moindre éraflure sans ça, il va t'arracher le bras pour te battre avec le bout qui saigne!"

La menace, si imagée, si violente, le fit éclater d'un rire sans joie. "Puis quoi encore? Tu vas me dire qu'il va me dévisser la tête pour me chier dans le corps?!"

Il se redressa de toute sa hauteur, le torse bombé, l'œuf noir pressé contre lui comme un bouclier. La rage et l'injustice de toutes ces années débordèrent enfin, dans une phrase qui contenait toute sa douleur.

"Tu peux bien parler toi, tu as ton dragon."

Les mots restèrent suspendus entre eux dans l'air immobile et chaud. Ils étaient plus tranchants qu'une lame. Il vit le visage de Shina se décomposer, la colère laissant place à une tristesse qu'il ne pouvait plus supporter.

Sans un autre discours, il pivota, plongea à quatre pattes dans le blé haut et disparut dans l'océan de tiges dorées, laissant derrière lui sa sœur seule, au milieu du champ, avec les vestiges éparpillés de son travail et le poids immense de ses dernières paroles.

Chapitre 2

Le Grimoire du Sang

Le labyrinthe de blé le recracha devant la vieille grange abandonnée. À bout de souffle, la sueur perlait sur son crâne dégarni, Fléotan pressa son front contre le bois fendu, le grimoire lourd calé contre sa poitrine. Il jeta un regard en arrière. Rien. "Elle m'a pas suivi… tant mieux! Fout-moi la paix, c'est pas tes affaires…" lança-t-il en faisant un doigt d'honneur au champ doré qui ondulait derrière lui.

Un bruit soudain à sa gauche le fit sursauter. Il tourna la tête, les muscles tendus, pour voir un oiseau s'échapper du feuillage des arbres qui entouraient la bâtisse. Retenant son souffle, il laissa s'écouler une seconde. "Ouff… juste cet oiseau de malheur," murmura-t-il, se détendant contre le bois sec. Il leva le menton, et la lumière du soleil l'aveugla un instant avant qu'il ne ferme les yeux, autorisant les rayons chauds lui caresser le visage, savourant ce bref instant de répit.

Un petit rongeur surgit de sous la porte, glissa entre ses jambes et le fit bondir de nouveau. "OK… OK… reprends-toi, Fléo. On n'a pas de temps à perdre… chaque second compte." Il empoigna la vieille poignée rouillée qui tenait à peine. Le bois grinça en se rabattant derrière lui, et la grange l'engloutit dans sa pénombre familière. L'odeur du fourrage sec et de la poussière lui brûla les narines, piquante et âcre, tandis que le martèlement furieux de son cœur commençait à ralentir, remplacé par une tension fébrile qui le gardait sur le qui-vive.

Il ne prêta pas attention aux notes éparses ni aux parchemins perdus. Ce qu'il cherchait était caché, soigneusement, et rien ne devait le détourner. D'un pas déterminé, il se glissa jusqu'au coin le plus obscur, là où un amas de poches de jute et de ballots de foin noirci par le temps dissimulait une petite trappe qu'il avait lui-même bricolée. Il déposa le grimoire avec minutie près de son sac contenant l'œuf, puis écarta le fatras, chassa la poussière des planches et souleva le panneau. Sa main plongea dans la fraîcheur de la cachette, tâtonnant dans l'ombre comme pour reconnaître chaque objet au toucher.

Une racine noueuse. "Nop… pas ça…"

Une fiole au liquide sombre. "Non, pas toi non plus…"

Puis une patte d'oiseau momifiée, si fragile qu'elle s'effrita presque sous la pression de ses articulations. "Wash… toi t'es bon à rien," grogna-t-il en la jetant au loin avec dédain.

Enfin, ses doigts rencontrèrent le vélin familier. Il le tira délicatement de sa cachette, le serra contre lui. Ses yeux s'illuminèrent d'un soulagement rugueux, presque féroce, et un souffle passa dans la grange, comme si elle retenait son souffle avec lui.

"Ah oui… c'est toi que je cherchais," murmura-t-il, et pour un instant, l'air sembla vibrer autour de lui.

Il ne se souciait pas des notes perdues. Tout était déjà dans sa tête. Il attrapa une poignée de foin et balaya grossièrement l'autel de pierre et le sol alentour, envoyant poussière et brins secs voler dans l'air. Le grimoire rejoignit le centre de la stèle, lourd et imposant, tandis qu'il déroulait les parchemins restants sur le plancher, formant un plan de bataille éclairé par les lances de lumière qui perçaient le toit délabré.

Ses yeux passaient rapidement des copies aux pattes empaillées du livre, comparant les runes, chaque geste précis malgré la précipitation. Enfin, il trouva la séquence. Là, sous ses doigts, la formule de déliaison qu'il avait mis des mois à reconstituer se révélait, fragile et puissante à la fois. Son souffle s'accéléra, et un frisson parcourut ses bras tandis qu'il s'appropriait le fruit de son ouvrage acharné.

Il plaça l'œuf au centre de son cercle de travail, non pas comme cible, mais comme catalyseur brut, une ancre pour sa nécromancie. Puis il murmura : "*Ne t'inquiète pas. Je trouverai la formule. Je te guérirai de la mort.*" La surface de l'œuf semblait absorber la lumière, profonde et visqueuse, tel un puits de ténèbres. Sans hésitation, il s'entailla la paume avec la lame courte qu'il gardait toujours dans l'une de ses poches. La douleur le traversa d'un frisson sec, et le sang commença à s'écouler, brillant sur ses phalanges, perlant entre les lignes des runes gravées sur le vélin.

Chaque goutte tombant sur le cercle faisait siffler l'air autour de lui, un grésillement subtil. Ses doigts ensanglantés tremblèrent à peine lorsqu'il traça des symboles supplémentaires sur le sol, mêlant hémoglobine et terre, jusqu'à ce que la formation entière devienne une trame vivante, pulsante.

Les mots de la formule, anciens et précis, s'agrippaient à la matière noire de l'œuf et à sa propre énergie. Il sentait la serrure magique vibrer sous ses gestes, comme une cage qui grinçait sous la pression. Chaque rune s'illuminant d'un éclat rougeâtre, nourri par son essence et sa concentration féroce.

Fléotan n'avait plus rien de l'enfant tremblant du champ de blé. Ses yeux brillaient d'une lueur sauvage, affamée de pouvoir, tandis que le cercle lui-même semblait respirer avec lui, pulsant au rythme de ses veines ouvertes.

La magie répondit, mais pas comme il l'attendait.

Les pattes empaillées ne se crispèrent pas. Au lieu de cela, une vague de froid glacial jaillit du livre, le frappant en pleine poitrine. C'était comme être percuté par un mur de roche. Il sentit le souffle lui manquer, tombant à genoux. L'air dans la grange devint lourd, vibrant d'une énergie hostile qui semblait le rejeter et chaque fibre de son être lui criait de fuir. Il persista, répétant la formule d'une voix plus forte, mettant toute sa volonté dans l'incantation.

Le livre riposta. Les runes sur les pattes s'illuminèrent d'une lueur violette et morte. Le froid s'intensifia, et Fléotan sentit une force invisible tirer sur lui, non pas sur son corps, mais sur son âme. C'était une sensation de néant, comme si l'on aspirait sa propre essence vitale. Une goutte de sang coula de son nez. Il se sentit faiblir, ses genoux commençant à vaciller. Le livre ne se contentait pas de résister; il se défendait. Il le vidait.

Il était seul, enfermé dans sa lutte, trop têtu pour abandonner, trop épuisé pour gagner.

C'est alors qu'un rugissement profond déchira le ciel. La vibration s'imposa par les murs de la grange et fit trembler le sol sous ses mains. Volcan. Le son était proche, trop proche et il savait qu'il ne s'agissait pas d'un simple passage. Il n'était pas en train de rentrer calmement. Il piquait vers lui.

L'ombre du grand dragon noir recouvrit la structure un instant, plongeant la scène dans une obscurité soudaine. Puis la lumière du jour revint, et une silhouette se tenait dans l'embrasure de la porte.

Ravetan.

Il n'avait pas l'air surpris. Il avait l'air... averti. Ses yeux passèrent de son fils à genoux au grimoire qui pulsait encore faiblement, et il comprit tout.

D'un pas lent, il s'approcha. Il ne regarda même pas Fléotan. Il posa une main sur la couverture de peau moite, comme on calme une bête nerveuse.

"Assez," murmura-t-il au livre.

À l'instant même, la pression qui écrasait Fléotan disparut. La lueur violette sur les runes s'éteignit. Le froid se dissipa. La connexion fut tranchée net. Fléotan s'effondra sur ses fesses, haletant, vidé, crachant une goutte de sang sur le sol poussiéreux.

Le silence retomba, lourd, absolu. Fléotan n'osait pas lever les yeux. Il avait échoué. Et il avait été pris de la manière la plus humiliante qui soit.

Ravetan se retourna, son visage, une page blanche où aucune émotion ne pouvait être lue. Il n'y avait pas de colère. Juste une lassitude infinie, le poids d'une fatalité qu'il avait tenté d'éviter.

"Ramasse le grimoire et suis-moi." Il se détourna, sa silhouette rigide dans la lumière crue de la grange. Puis il s'arrêta un instant et ajouta, d'une voix simple, tranchante : "On doit parler."

Sans prévoir une réponse, il reprit sa marche, et d'un ton sec conclut : "Ta mère nous attend. Fais ça vite."

Chapitre 3

L'Origine de la Fracture

Le sol poussiéreux était froid sous ses paumes. Chaque muscle de Fléo hurlait alors qu'il se forçait à se remettre sur ses pieds tremblants. Le grimoire, qu'il dut ramasser, semblait peser autant qu'un rocher. Il le serra contre sa poitrine, son sac contenant l'œuf et ses quelques parchemins agissant sur son autre épaule. Dehors, Ravetan ne l'avait pas attendu. Sa silhouette se découpait déjà à plusieurs mètres, marchant d'un pas régulier et implacable vers la maison.

Le silence du retour était une chape de plomb, plus lourd encore que le livre maudit. Fléo luttait pour suivre, chaque pas une agonie. Ses poumons brûlaient, son corps vidé par la contre-attaque du grimoire se rebellait. Le soleil, qui lui avait offert un bref répit plus tôt, était devenu un ennemi, cognant sur son crâne et faisant danser des points noirs devant ses yeux. Il trébucha plus d'une fois, mais son père ne se retourna jamais. Au-dessus, l'ombre de Volcan glissait sur la terre, un juge silencieux. Le trajet, qui ne prenait d'habitude que quelques minutes, lui parut durer une éternité.

La maison se dessina enfin, non pas tel un refuge, mais comme le lieu de son jugement. Ravetan poussa la porte et entra, la laissant ouverte pour lui. Fléo franchit le seuil à son tour, s'attendant à la fureur.

La scène qui l'accueillit le figea sur place. Sa mère, Elara, se tenait au centre de la pièce, le visage ravagé par l'angoisse. Près d'elle, Shina lui faisait face, les poings serrés. L'air était électrique. Le silence se fit à son entrée, trois paires d'yeux se tournant vers lui.

Ravetan fut le premier à parler, sa voix basse et dure ne laissant place à aucune discussion. "Va remettre ce livre dans son coffre," ordonna-t-il en désignant le grimoire d'un signe de tête. "Et reviens ici immédiatement. Nous avons des sujets bien plus urgents à régler que ta désobéissance."

Le souffle coupé, Fléo ne put que hocher de la tête, abasourdi. Il s'attendait à tout sauf à être ainsi congédié. Mécaniquement, il disparut dans le corridor, entra dans le bureau, déposa le lourd volume dans la malle d'ivoire resté ouvert, et retourna dans la pièce principale, le dos courbé par la honte et la confusion.

Le drame familial avait déjà repris son cours, comme si sa propre crise n'avait été qu'une parenthèse insignifiante. Shina avait reporté toute son attention sur leur père, sa voix tremblante, mais forte, résumant la conversation là où elle s'était arrêtée.

"Mais père! Je ne veux pas vous quitter. Je ne connais même pas cette famille du Firmament Astral," plaida-t-elle.

Le regard de Ravetan s'adoucit d'une tristesse sans borne. Il s'approcha de sa fille et lui caressa délicatement le menton.

"Moi non plus, je ne désire pas que tu partes," répondit-il, à voix basse. "Cependant, une nouvelle guerre a éclaté et les Dragnor attaquent tous les villages du secteur.

Bientôt, ils vont arriver ici. Ton frère jumeau et moi pourrons facilement nous fondre parmi eux. Mais toi et ta mère n'avez pas la même couleur et s'ils vous repèrent, je crains le pire. C'est pour ça que j'ai conclu un accord pour que tu sois le plus loin possible des conflits. Je préfère te savoir en sécurité."

La finalité dans la voix de son père percuta Fléo de plein fouet. Si son entrée l'avait laissé déboussolé, il était maintenant totalement désemparé par ce qu'il venait d'entendre. Pour la première fois de sa vie, l'idée de voir sa jumelle partir loin de lui le submergea, un sentiment dont il n'avait jamais eu conscience. Toute la jalousie, toute la compétition silencieuse qui avait défini leur relation s'évapora, remplacée par un vide vertigineux.

Les questions placardaient chaque recoin de son cerveau. Pourquoi elles et pas nous tous? C'est où, ce Firmament? Nous sommes des Dragnors, pourquoi devrions-nous fuir?

Et soudain, tout se rejoignait. Le manque d'information, les raisons nébuleuses pour lesquelles ils avaient quitté leur clan, tout n'était qu'une succession de réponses évasives, à l'image des motifs obscurs pour lesquels son père refusait de lui enseigner les secrets de son art.

La confusion et la peur débordèrent. Sa propre voix, cassée et plus forte qu'il ne l'aurait souhaité, déchira le silence pesant. "Comment ça, elles doivent partir? Et quelle guerre?" demanda-t-il, s'avançant d'un pas dans la pièce, forçant ses parents à enfin le considérer, non plus comme l'enfant désobéissant, mais telle une partie de cette famille qui était sur le point de se disloquer.

Sa mère s'approcha, mais Fléo recula, comme pour s'éloigner de la nouvelle qu'il ne voulait pas entendre. "Ne t'en fais pas, mon bébé…" la tonalité d'Elara était brisée par le chagrin. "On va se revoir."

Au-dessus d'eux, Volcan rugit, sa voix roulant comme un tonnerre. Cœur-de-Rose fit irruption dans le salon, les ailes encore vibrantes. "Ils arrivent", déclara-t-elle d'un ton grave.

"Qui? Quoi?" demandèrent les jumeaux d'une même voix.

Le visage de Ravetan se figea, l'inquiétude effaçant toute autre expression. "J'imaginais qu'on aurait eu plus de temps…" Il attrapa deux sacs massifs que sa femme avait déjà préparés, la mâchoire serrée.

Tout se bousculait. Fléo n'arrivait pas à comprendre. Shina entra à son tour dans le salon, les bras chargés. "J'ai le compte, je crois… j'ai tout ramassé, l'essentiel."

Elle s'interposa ensuite, les yeux brillants de défi. "On peut se défendre, on sait se battre!" Elle jeta un regard à son frère, partagée entre la rage et la peur à l'idée de tout quitter.

Elara agrippa doucement le visage de sa fille entre ses mains. Elle tentait de la réconforter, mais sa propre voix tremblait sous le poids du déchirement. "Ne pleure pas… tout va bien se passer. On va tous se retrouver." Elle serra Shina dans ses bras, puis tendit la paume vers Fléo. Il s'approcha, prit les doigts de sa mère entre les siens au moment où Volcan rugit encore, plus fort, secouant toute la bâtisse.

"Allez, allez, faut partir!" La voix de Ravetan était brisée par l'urgence. "On n'a plus de temps!"

La main d'Elara glissa lentement de celle de Fléo. Il la regarda s'éloigner, figé.

"Tu bouges", tonna Ravetan, les yeux brûlants.

Sous le choc, Fléo sortit enfin de sa torpeur. Au loin, une explosion retentit.

Dehors, Elara et Shina luttaient pour sangler les sacs sur le dos de Séréna, leurs mains secouées par la tension. Shina, les yeux noyés de larmes, dit adieu à son père. Elle aurait voulu étreindre Volcan, mais le dragon planait déjà haut dans le ciel, en sentinelle.

Elara revint une dernière fois vers son mari. Un embrassement passionné, bref, avant de s'arracher à lui. Elle se tourna vers son fils, l'attira dans ses bras. Une larme perdue coula sur la joue de Fléo, tandis que les yeux de sa mère étaient inondés.

"Vite, vite!" pressa Ravetan, le ton tranchant, désespéré. "On n'a plus de temps!"

Shina se rapprocha de Fléo, l'agrippa contre elle et lui chuchota à l'oreille : "Promets-moi de rester loin des ennuis. Je ne serai plus là pour te couvrir… et viens me rejoindre."

Alors que Shina se reculait, Séréna baissa sa grande tête vers Fléo. Sentant le désarroi de sa cavalière et son propre chagrin, elle lui dit d'une voix basse : "Regarde sous la planche, près de la fenêtre de notre chambre. Tu y trouveras les os d'écureuil que tu nous as envoyés pour nous jouer des tours. Prends-en soin."

Les femmes décollèrent, fendant le ciel sur leurs montures, s'éloignant dans la direction opposée aux colonnes de fumée qui s'élevaient déjà à l'horizon.

"Allô, faut bouger," lança Ravetan à son fils resté figé. "Tu vois les feux là-bas? Ça veut dire qu'on a tout au plus un clic avant qu'ils ne soient sur nous."

"Mais… on fait quoi, nous?" balbutia Fléotan.

"Suis-moi."

Chapitre 4

La Clef de la Chair

Ils regagnèrent la maison. Le silence y était si dense que chaque pas résonnait tel un mort-vivant dans une tombe. Ravetan traversa le corridor à grandes enjambées, sa cape froissant l'air comme un battement d'ailes. Il poussa la porte de son bureau et s'arrêta net.

Le coffre était encore ouvert. Situé au centre de la pièce, il irradiait sa présence comme une bête à l'affût. Ses flancs d'ivoire noir mat semblaient absorber la lumière, mais dans ses veines blanchâtres couraient des éclats maladifs, pulsant à l'apparence d'une chair mal cicatrisée. Les runes qui le recouvraient vibraient d'une lueur préoccupante, chaque symbole exsudant une chaleur presque fétide. Ravetan sortit l'autre grimoire scellé aux yeux de Fléotan pour le poser sur son bureau.

Puis il pointa la malle. "Referme-le," ordonna Ravetan, la voix grave, impérieuse. "Tu l'as ouvert, donc tu sais très bien comment le refermer."

"Père… pour tout à l'heure… je voulais m'ex…"

"Je sais. Pas le temps. Referme-le."

Fléotan s'approcha du coffre. Ses doigts tremblaient, hésitant sur les runes gravées qui paraissaient s'enfoncer sous sa peau. Le contact était tiède, presque organique, et une vibration sourde parcourut ses phalanges d'une façon qu'il ne l'avait jamais vu. S'il devait le décrire, il aurait dit qu'il était après touché un cœur battant. Le métal du mécanisme gémit d'un grincement sec, puis le couvercle se scella d'un claquement parfait. Plus une fente, plus une marque, comme si jamais rien n'avait pu l'ouvrir. La vie qui semblait l'habiter s'était assoupie.

Au même instant, Ravetan avait déjà commencé son rituel. Ses lèvres formaient des syllabes éraillées, gutturales, interdites, que nul grimoire n'avait jamais osé coucher sur papier. Ces mots existaient seulement dans sa chair et dans sa mémoire, et chaque son qu'il proférait paraissait ronger l'air autour de lui.

"Pourquoi ne sommes-nous pas partis avec mère?"

"Écarte-toi, mon gars," dit-il d'une voix basse, son timbre vibrant comme un glas. "Nous devons d'abord cacher ton héritage. Après, nous pourrons aller à leur poursuite."

Fléotan recula, le souffle court.

Ravetan tira une dague au manche d'os humain, patiné par les âges, dont la lame ternie miroitait d'éclats funèbres. Une odeur de cendre et une malveillance sourde semblaient s'en échapper. Sans hésitation, il enfonça la pointe dans sa paume. Le sang jaillit en nappes épaisses, éclaboussant le sol d'un rouge cru qui tranchait contre l'ivoire obscur du coffre. Son visage se crispa, mais ses yeux restèrent glacés, fixés sur un but invisible.

Il continua de psalmodier, et cette fois les murs eux-mêmes parurent se contracter à la cadence d'une cage thoracique épuisée. Les flammes des chandelles s'éteignirent d'un soupir, avalées par l'ombre vorace. Une odeur de fer, de moisi et de carcasse ouverte emplit la pièce.

Puis Ravetan sombra dans l'horreur. Ses ongles raclèrent sa propre paume, écartant la chair avec une précision implacable. La pulpe de ses doigts s'enfonça sous la peau, glissant le long des fibres, tel un ver rampant. Un bruit obscène, mélange de succion et de fêlures, résonna quand les tendons craquèrent. Fléotan sentit ses entrailles se nouer, le goût de la bile lui remontant à la gorge. Ravetan tirait, déchirait, décollait son os de son logement. Les nerfs claquèrent comme des cordes rompues, les muscles s'arrachant en lambeaux. Son sang, noirci par la magie, coulait à flots, éclaboussant son manteau et le plancher.

Enfin, dans un cri muet, il extirpa une phalange. Blafard, strié de veines, dégoulinant. Son incantation se mua en une plainte inhumaine, un hurlement voilé qui fit vibrer les murs. Chaque syllabe s'abattait dans la poitrine de Fléotan tel un marteau de forgeron, écrasant son souffle, tordant ses entrailles comme si la douleur de Ravetan cherchait à coloniser son corps.

Alors le sol répondit. Les planches retentirent, tremblèrent. Des coups secs montèrent d'en dessous, comme si une armée frappait la porte du monde des vivants. Puis elles cédèrent dans un craquement desséché.

Des doigts osseux surgirent, griffant l'air. Des crânes fissurés se hissèrent dans l'orifice, leurs orbites vides étincelant d'une faim muette. Un à un, les squelettes rampèrent hors du néant, leurs mâchoires claquant dans un rictus éternel. Leurs côtes grinçaient comme des barreaux tordus.

Le premier s'avança vers le Nécromancien. Sa main, osseuse et tremblante, s'ouvrit comme une gueule avide, réclamant son dû avec insistance.

Ravetan plaça son os dans cette pince froide. En retour, le revenant leva sa main osseuse vers son visage. Avec un craquement sec, il brisa l'un de ses propres doigts, en détacha une phalange identique et la planta dans la plaie béante de l'homme. La chair de Ravetan se referma aussitôt dans un grésillement, comme si l'os avait toujours été sien. Il haleta, ses muscles convulsés, mais son regard brillait d'une ferveur terrible.

Fléotan, pétrifié, n'eut pas besoin de poser sa question.

"Nous échangeons nos clefs," dit Ravetan d'une voix caverneuse. "Je lui ai conféré la clef de mon grimoire, que toi seul pourras rouvrir le moment venu. Et lui m'a donné la clef de son plan d'existence. C'est l'unique voie qui te permettra, si tu l'oses, de retrouver un jour le coffre et l'héritage qu'il protège."

Alors, tous les squelettes tournèrent leurs orbites vers l'objet de convoitise. Leurs mains osseuses s'y plaquèrent. Un son atroce résonna dans la pièce : un crissement de dents contre de l'émail, un grincement d'acier sur un os. La paroi se craquela, ses veines blanchâtres s'illuminant d'une lueur verdâtre, comme si la matière suintait sa propre moelle.

Le coffre vibra, trembla une dernière fois avant de gronder tel un organe en convulsion. Les silhouettes des morts se mirent à se dissoudre, aspirées dans les flancs de l'ivoire. Fléotan crut voir, l'espace d'un instant, des bras laiteux agiter sous la surface sombre, comme des noyés frappant contre les eaux noires.

Puis, d'un souffle, tout disparut.

Le coffre n'était plus.
Les squelettes non plus.

Ne restait que le silence, la puanteur du sang et la respiration haletante de Ravetan.

Fléotan, immobile, incapable de comprendre, ne savait s'il venait d'assister à un rite sacré... ou au plus abject des blasphèmes.

Le pouvoir quitta Ravetan d'un seul coup. Il chancela, ses genoux cédant, et s'effondra sur la chaise derrière lui comme une marionnette dont on aurait sectionné les fils. Sa respiration était courte, hachée, chaque inspiration, un sifflement de douleur. La plaie dans sa main lui lançait un feu vif dans tout le bras, une agonie brûlante qui le faisait trembler.

Fléotan resta figé, le souffle coupé, partagé entre la terreur et une fascination morbide. Son père, d'ordinaire si imposant, semblait soudain vulnérable, humain, brisé par son propre pouvoir.

Le silence de la pièce n'était rompu que par le halètement de Ravetan. Le sang noirci qui continuait de suinter de sa paume refusait de coaguler, s'infiltrant dans les veines du bois au sol.

Hésitant, Fléotan fit un pas en avant. Son regard passait de l'absence du coffre à la silhouette souffrante de son paternel, et il comprit pour la première fois le poids réel de leur héritage.

"P... Père..." murmura-t-il.

Ravetan leva lentement la tête. Un éclat de feu brillait encore dans ses yeux, malgré l'épuisement qui creusait ses traits.

"Fléotan..." sa voix n'était qu'un râle rauque. Il lutta pour reprendre son souffle. "Écoute-moi... Ce que tu viens de voir... n'est que le début." Il grimaça, ses doigts se crispant sur l'accoudoir de la chaise. "Ce que tu possèdes... ce que tu dois protéger... aura un prix..." Il marqua une pause, tremblant sous l'effort. "... plus lourd encore."

Fléotan sentit un frisson glacial lui parcourir l'échine. Il comprit alors. L'héritage de sa famille n'était pas un don. C'était un contrat. Une dette de sang, de chaire et d'os, transmise de père en fils.

Et l'un des paiements venait d'être versé sous ses yeux.

Fléotan observa son père, toujours affaissé sur la chaise, la respiration difficile et la main encore rouge d'hémoglobine noircie. Sans un mot, il se leva et se dirigea vers le bureau. Il savait exactement où chercher : la petite boîte de soins, les rouleaux de tissu, et les feuilles sombres suspendues près de la porte.

D'un geste sûr et presque automatique, il ouvrit le clapet du contenant et en sortit les bandes de jute propres. Il cueillit les feuilles, les porta à sa bouche et les mâcha lentement, tel qu'il l'avait vu faire des centaines de fois avec son père. L'odeur était amère et végétale, mais ce fut le contact qui le saisit. Une morsure si vive et acide qu'elle lui fit plisser les yeux et retenir un hoquet de surprise, comme un enfant goûtant un fruit trop sûr pour la première fois.

"Reste là, Père… et ne bouge pas pour ne pas te faire mal encore plus," murmura-t-il en revenant s'accroupir devant Ravetan. Il posa la mixture verte sur la plaie, appliquant la même pression douce, et ferme que son père lui avait enseignée.

Ravetan tenta de se redresser légèrement, la voix rauque : "Épuisé… Fléotan… nous n'avons pas le temps pour ça…"

Fléotan secoua tranquillement la tête, le regard sérieux : "Laisse-moi faire, Père… ça va prendre juste quelques secondes."

Il appuya un peu plus fermement, ajusta la pâte avec précision, et Ravetan fut d'abord transpercé par une douleur fulgurante, aussitôt suivie d'un choc électrique qui lui traversa tout le bras. Puis, malgré lui, il sentit le soulagement commencer à s'y répandre. Le garçon continuait avec une concentration parfaite, reprenant mot pour mot les gestes et paroles qu'il avait vus et entendus à chaque fois qu'il s'était blessé.

"Ça va piquer un peu… mais ça va aider."

"Ça, c'est de la feuille-des-morts. Elle aide à refermer la peau sur ton bobo."

"C'est vrai que c'est drôle. On l'appelle comme ça à cause de sa couleur rouge sang quand elle vieillit, et des fruits qu'elle fait… mais les feuilles sont bonnes. Tu es comme neuf."

On entendit soudain une démarche lourde, précipitée, traverser le corridor de la maison. Les murs tremblèrent légèrement, les fioles tintèrent dans les étagères. Volcan surgit dans l'encadrement, ses larges épaules emplissant l'espace.

"Désolé de vous interrompre… Je ressens bien ce moment d'amour et de partage, mais on n'a vraiment plus le temps de s'amuser… Il faut partir tout de suite."

Ravetan, exsangue, leva les yeux vers son compagnon et fit un simple signe de tête. Le dragon s'approcha, le saisit avec une délicatesse surprenante, et l'aida à se hisser sur ses bras puissants pour accélérer la sortie.

Au moment où ils franchissaient le seuil, Fléotan se figea et lâcha d'une voix ferme : "Une seconde… je dois aller chercher quelque chose."

Volcan gronda, ses regards lançant des éclairs d'impatience. "On n'a vraiment pas le temps pour tes jouets, gamin."

Mais Fléotan n'écouta pas. Il fila d'abord dans sa chambre, le souffle court, et attrapa le Grimoire Numéro 1. L'ouvrage avait changé au fil des années, son cuir sombre s'était épaissi, et les pages semblaient s'être multipliées d'elles-mêmes, gonflant l'objet comme s'il respirait.

Sans perdre une seconde, il courut jusqu'à la pièce de sa jumelle. Il savait exactement où chercher. À genoux, il souleva à la hâte le panneau du plancher disjoint et plongea sa main dans la cachette secrète. Ses doigts rencontrèrent un petit sac de velours, à l'intérieur il sentit le froid sec des ossements que Shina avait dissimulé.

Chapitre 5

Dans L'Oeil de la Tempête

Au moment où Fléo sortit de la maison, ses trésors en main, il découvrit que la situation avait déjà basculé. Volcan au sol, ses ailes repliées, dans une posture défensive. Autour d'eux, sortant de la lisière de la forêt, plusieurs silhouettes armées se déploient. "Ce sont des assassins Dragnors, lourdement armés." Souffla Ravetan. On voyait leurs bannières roulées sur le dos. Leur chef, un Dragnor massif avec une cicatrice barrant son visage, ouvrait la marche, les traits durs, une menace dans chacun de ses pas.

Il s'arrêta à quelques mètres, son regard passant de Ravetan affaibli à Fléotan. Lorsqu'il parla, ce fut dans un râle éraillé, étouffé par une ancienne fracture nasale mal ressoudée. Ni amical ni hostile. Juste autoritaire. "Dragnor. Tu es loin du front."

Il laissa planer un silence, puis ajouta plus froidement : "Qui es-tu?"

Autour, les guerriers resserrèrent leur prise sur leurs armes. On aurait dit que le moindre battement de cils de Ravetan pouvait décider de leurs exécutions.

Ravetan soutint le chef un instant, ses yeux d'un noir glacé. Puis il inclina lentement le menton, et sa voix rauque fendit le silence. "On m'appelle **KaNor**."

Fléotan eut un sursaut intérieur. Ce n'était pas le nom de son père. Pourquoi mentait-il? Mais en croisant son regard, il comprit aussitôt. Il fallait suivre le jeu. Sa gorge se serra, et il se força à rester muet.

KaNor. Un nom ancien, choisi à dessein. Assez crédible pour ne pas sonner comme une invention, assez obscure pour brouiller toute piste.

Le chef plissa les yeux, cherchant la faille derrière ce masque. Mais Ravetan demeura impassible, taillé dans la

pierre. Finalement, le Dragnor cracha sur le sol et grogna :
"Que fais-tu ici, isolé?"

Ravetan se redressa avec effort, sa main bandée dissimulée dans les replis de sa cape. Ses traits étaient tirés, mais il força son corps à se tenir droit, à projeter une force qu'il n'avait plus. "Nous vivons en paix. Nous ne nous mêlons plus de vos conflits."

Le chef ricane. "La paix est terminée. Ordre du Grand Conseil : tous les Dragnors en âge de se battre sont mobilisés. La guerre contre les clans dissidents est totale. Ton fils va venir avec nous."

Fléo se crispa, mais son père lui lança un regard d'acier qui lui ordonne de se taire.

Il n'y avait aucune possibilité de fuir. Combattre était impensable; Ravetan, vidé par son rituel, tenait à peine debout. Volcan aurait pu en dégommer quelques-uns, mais cela les aurait immédiatement catalogués comme ennemis, et leur seule chance de survie serait partie en fumée. Fléo, lui, était pétrifié. Il n'avait jamais été préparé à cela.

Contrairement aux autres enfants Dragnors, mis à l'épreuve dès leur plus jeune âge, il n'avait pas le réflexe de la guerre. Il n'avait que la peur.

Un des Dragnors de la patrouille, un homme trapu dont l'unique œil valide brillait sous un sourcil bas, s'approcha de Fléo et le toisa avec un mépris glacé. Le second, laiteux et mort, trahissait une ancienne blessure de guerre. "Pour un Dragnor, il a l'air plutôt chétif. Et peureux." Il balaya le garçon du regard. "Et son dragon? Où est-il?"

"Il n'en a jamais eu," répondit Ravetan d'une voix neutre. "Son œuf était mort-né. Voyez par vous-même, il le traîne toujours avec lui."

Le Drumain ricana, puis se tourna vers ses compagnons. "Vous entendez ça? Un avorton avec un caillou!"

Les soldats éclatèrent d'un rire gras et cruel. Même les dragons noirs qui les accompagnaient abaissèrent leurs cous reptiliens, leurs grognements graves ressemblant à une moquerie.

Le chef fit un signe de tête à un autre de ses hommes. "Fouillez la maison. On ne sait jamais ce qu'un ermite peut cacher."

"Il n'y a rien de pertinent là-dedans," protesta faiblement Ravetan.

"Alors je reviendrai les mains vides," répliqua le Dragnor en le bousculant pour passer.

La panique montait en Fléo. Discrètement, il glissa une main dans sa poche, cherchant une formule dans son esprit, mais les mots semblaient inaccessibles.

L'homme s'avança, et son œil mort apparut dans la lumière : une bille laiteuse fendue de veines noires, gonflée comme si elle avait pourri dans l'orbite. "Hé, le gamin. Qu'est-ce que tu fabriques?" Sa voix rauque fit sursauter Fléo.

"Rien… rien," bégaya Fléo.

"Laisse-le," dit un autre d'un ton ironique. "Tu lui fais peur… il va se pisser dessus rien qu'en voyant ton globe rempli de pus."

Le borgne le fixa un instant, un rictus cruel étirant ses lèvres. D'un geste sec, le tortionnaire appuya son pouce contre sa tempe, et la bille laiteuse se mit à osciller dans l'orbite, rebondissant comme un petit sac gorgé de jus purulent et de sang croupi. Fléo eut un haut-le-cœur, son estomac se nouant violemment, presque comme si le liquide infecté éclatait dans son esprit.

Le chef, qui n'avait pas quitté Ravetan des yeux, s'approcha lentement. Son regard s'arrêta sur le bandage de Ravetan qui dépassait légèrement de ses vêtements. "Que t'est-il arrivé à la main?"

Ravetan eut un rictus de dédain, pointant son fils du menton. "On pratiquait un sortilège. Il a mal tourné. Cet imbécile d'apprenti n'arrive pas à aligner deux syllabes correctement."

Le chef plissa les yeux, le doute s'installant sur son visage balafré. Il fit un pas de plus, scrutant l'épuisement profond de Ravetan. "Quel genre d'incantation peut te vider de ton énergie à ce point? Soit tu nous mens, soit tu es aussi incompétent que ce fétu de paille que tu appelles ton fils."

Il jeta un regard dégoûté à Fléo et à l'œuf de pierre qu'il serrait contre lui. "À quoi bon un Dragnor sans dragon? Autant lui couper les jambes tout de suite. Tu aurais dû l'abattre à la naissance, mettre fin à son calvaire. Il ne servira qu'à une chose… être un sbire, une bête de tranchée. "

Le chef ignora Ravetan et reporta toute son attention sur Fléo. Il s'approcha lentement, comme un prédateur tournant autour de sa proie, son ombre recouvrant le garçon. "Alors, dis-moi, l'avorton. On se sent comment, sans dragon?" Sa voix était un murmure mielleux et cruel. "Tu n'as pas l'impression d'être rien de plus qu'un… bâtard dans la lignée?" Il se pencha, son visage balafré à quelques centimètres de celui de Fléo. "As-tu au moins déjà monté sur l'un d'entre eux?"

"Euh… quelques fois," répondit Fléo, la gorge sèche. Les mots lui manquaient. Une rage froide et impuissante bouillonnait en lui; il voulait les tuer, les réduire en cendres, mais son corps restait figé.

Le chef sourit, apercevant la lueur dans les yeux du garçon. "Tu sembles bouillir, je le vois. Cette rage…"

D'un revers brutal, il asséna une bourrade dans le sac de Fléo. L'œuf roula au sol avec un bruit sourd. Fléo se pencha aussitôt pour le ramasser à la hâte, mais la pointe glaciale d'une lame vint effleurer sa gorge.

"Non, non… tu ne bouges pas." Ordonna le chef, son index suivant le rythme de ses mots comme s'il donnait une leçon à un enfant.

D'un coup de botte sec, il envoya l'œuf rouler dans la poussière, comme un vulgaire ballon de cuir, comme un déchet inutile. Fléo retint un cri, ses poings tremblant le long de son corps.

Le chef se posta devant lui, le détaillant de plus près, son haleine fétide chuchotant dans la figure du jeune. "Oui… oui… je la vois, cette colère." Il tapota le crâne dégarni de Fléo d'un doigt goguenard. "Sous cette coquille fragile se cache un feu mortel…"

Ravetan observait la scène, le souffle suspendu, priant pour que son garçon garde son sang-froid. Chaque fibre en lui hurlait d'implorer la clémence, de s'interposer, mais il savait qu'une supplique ne ferait qu'attiser la cruauté de ces brutes. Mieux valait encaisser en silence que nourrir leur soif de domination.

À cet instant, le garde qui avait fouillé la maison ressortit, le visage grave. "Chef. Il manque du monde, d'après moi. J'ai trouvé de quoi loger au moins quatre personnes ici. Et ce n'est pas tout." Il marqua une pause, jetant un regard suspicieux à Ravetan. "Il y a une pièce… un vrai labo obscur. Des fioles, des symboles étranges partout. Le plancher est défoncé, et il y a du sang frais sur le sol."

Le sourire du chef s'effaça instantanément.

Ses yeux se plissèrent, s'ancrant dans ceux de Ravetan. D'un seul regard, il balaya tout masque : la comédie venait de prendre fin. La lame demeurait contre la gorge de Fléo, et celui-ci sentit le fil glacé presser sa chair, prêt à céder au moindre faux mouvement. Le souffle coupé, il n'osa plus avaler sa salive. "Un laboratoire. Du sang. Et deux personnes manquantes." Ses paroles se firent plus basses, plus lourdes. "Explique-toi, ermite. Et vite."

Ravetan laissa échapper un son qui n'était ni un rire ni un sanglot, mais un mélange brisé des deux. Il leva lentement son regard vide vers le chef. "Vous voulez savoir où elles sont ?" Sa voix était un râle creux, sans vie. "Ma fille… elle était malade. Une corruption magique, une saloperie qui la rongeait de l'intérieur."

Il fit un geste de sa main bandée vers la maison, vers la chambre profanée. "J'ai tenté un rituel. Un rituel interdit. Pour la purger, pour la sauver." Le souvenir de la VRAI cérémonie qu'il venait d'accomplir se mêla à son mensonge, le rendant terriblement crédible. "Vous avez vu la pièce. Le sang. Le sort… il a mal tourné. Il a été plus fort que moi. Il ne l'a pas sauvée. Il l'a… consumée."

Un silence de mort tomba sur le groupe. L'histoire d'un Nécromancien assez puissant pour faire disparaître quelqu'un dans un sortilège raté était à la fois horrible et plausible. Bon nombre de mages, et plus encore de Nécromanciens, avaient surestimé leurs forces et payé le prix ultime. Parfois, il suffisait d'une simple mouche se posant au mauvais endroit pour faire basculer l'incantation et transformer le rituel en tragédie.

"Et sa mère?" dit-il, le ton moins assuré, comme s'il doutait de vouloir connaître l'explication.

"Elle a tout vu," répondit Ravetan, sa voix se brisant comme sous le poids d'un aveu. "Elle m'a vu échouer… elle a vu sa propre fille se dissoudre sous ses yeux…" Il déglutit, les traits tirés. "Alors elle a crié, jusqu'à se déchirer la gorge, puis elle s'est enfuie dans la forêt au matin, folle de chagrin." Ses épaules s'affaissèrent, et il baissa la tête. "Et moi… j'étais vidé, vidé jusqu'à la moelle par ce rituel maudit. Je n'avais plus assez de force pour lever un bras, encore moins pour l'arrêter."

Le chef le dévisagea, cherchant une faille dans son récit. Il n'en trouva aucune. Juste l'odeur de la mort, du sang et de l'échec. Mais un détail le chiffonnait. "Et les dragons?" demanda-t-il, sa voix redevenant dure. "Une histoire comme ça... avec quatre personnes, il devrait y avoir plus de créatures."

Ravetan eut un soubresaut, comme si la question le prenait au dépourvu. "Ma fille... n'en avait pas. Comme son frère," répondit-il en indiquant l'œuf du menton. Il marqua une pause, comme s'il cherchait ses mots. "Et ma femme... sa dragonne... est morte il y a longtemps. Vous pouvez même aller voir." Il pointa d'un geste las une direction derrière la maison. "On a une pierre tombale, une stèle pour elle."

Il jouait son va-tout, espérant que la mention d'une tombe suffise à le convaincre, priant pour qu'ils ne creusent pas pour y trouver une tombeau vide au lieu d'un squelette de dragon.

Le mensonge était plausible. Un Nécromancien déchu, avec une famille maudite et sans symbiose... c'était une histoire de déchéance complète.

Mais le chef avait trop d'expérience pour se laisser berner par une simple explication, aussi tragique soit-elle. Il n'allait pas mordre si facilement. Son regard se durcit. Il abaissa sa lame et son attention se dirigea vers ses hommes, sa voix claquant comme un fouet. "On vérifie tout."

Il pointa trois de ses dragonniers. "Toi, toi et toi. Prenez chacun deux camarades avec vous et partez." Son doigt se tendit vers la forêt dense. "Toi, tu fouilles la forêt à la recherche de cette "folle".

Il se tourna vers les deux autres. "Et vous deux, un au sud, l'autre à l'ouest. Élargissez le périmètre. Je veux savoir si quelqu'un a quitté cette vallée récemment."

Les Drumains hochèrent la tête et s'exécutèrent sans un mot, leurs dragons décollant lourdement pour disparaître au-dessus de la cime des arbres. En moins d'une minute, la patrouille fut réduite de moitié.

Le chef se retourna vers Ravetan, un sourire carnassier aux lèvres. "On va bien voir si ton histoire tient la route. En attendant que mes hommes reviennent, toi et le gamin, vous allez nous tenir compagnie. Et tu vas m'expliquer plus en détail pourquoi un Dragnor choisit de vivre comme un rat dans un trou pareil, loin des siens."

Chapitre 6

Achève-Moi

Le chef se retourna vers ses hommes restants. Le crépuscule commençait à teinter le ciel de nuances sanglantes. "La nuit va tomber," annonça-t-il d'une voix autoritaire. "On campe ici. Pas question d'avancer à l'aveugle"

Son regard se posa sur Volcan, dont le grondement sourd faisait vibrer la terre sous leurs pieds. "Mettez une muselière à cette bête," ordonna-t-il. "Et enchaînez-le solidement. On ne prend aucun risque."

Les yeux embrasés de Volcan se rétrécirent, fixant le chef avec une intensité glaciale. Sa voix résonna, grave, répercutée dans la poitrine de tous les hommes : "Il vous a déjà tout dit. Ne cherchez pas davantage, ou vous ne trouverez que la mort. Partez… ce sera plus sage."

Un frisson traversa les rangs. Même les montures noires détournèrent brièvement leurs têtes, troublées par cette voix qui vibrait. Seul un novice n'aurait pas perçu l'expérience de la bête; ils étaient trop orgueilleux, trop sûrs d'eux et trop nombreux pour entendre l'avertissement.

Deux guerriers s'avancèrent avec des chaînes épaisses, mais le dragon écarta brutalement ses ailes et projeta l'un d'eux à terre d'un coup de queue, l'écrasant presque contre un rocher. Volcan claqua de la gueule, ses crocs refermant à un souffle du visage de l'un d'eux. L'homme recula d'un pas en déclarant, "Putain, il va nous bouffer!"

Mais le responsable hurla : "Avance, charogne, ou je t'arrache moi-même la tête!" Les Dragnors progressèrent timidement, les lances levées, le cercle se resserrant autour de lui.

Un rire amer éclata du chef. "Voilà enfin un peu de mordant... Mais ça ne changera rien. Tu serais mieux de calmer ton âme sœur si tu ne veux pas qu'il finisse en pièce.

Du moins pour le moment." Répliqua-t-il en s'adressant à Ravetan.

Soudain, l'air se déchira dans un fracas d'ailes. Une ombre colossale fondit du ciel. La terre trembla sous l'impact lorsqu'un dragon massif s'écrasa sur Volcan par-derrière, ses griffes enfoncées dans les écailles du plus petit pour le clouer au sol. Volcan hurla, son rugissement roulant comme un tonnerre, mais il était immobilisé, sa gueule claquant de rage impuissante. L'une des pattes du monstre s'abattit sur son crâne avec une force telle que sa mâchoire se referma brutalement contre le sol, et il étouffa dans la poussière.

Deux autres dragons surgirent, se posant de chaque côté avec un souffle ardent qui fit onduler l'air. Sur leurs dos, les dragonniers tenaient leurs lances, les traits sculptés par la haine et l'avidité du combat. L'un d'eux, un sourire cruel aux lèvres, semblait presque amusé, attendant juste l'autorisation de dépecer Volcan. Les bêtes, elles, avancèrent leurs gueules garnies de crocs à quelques pas de Volcan, leurs haleines brûlantes et suffocantes, comme des fours prêts à consumer tout ce qui se trouvait à porter.

Le premier, une carcasse bardée de cicatrices, souffla presque sur son museau, son ricanement grondant. "Tu t'agites pour rien, rapace. Plie-toi avant qu'on ne t'arrache les ailes."

L'autre éclata d'un rire sec, plein de cruauté. "Frère… si j'étais toi, j'écouterais. Sinon, tu vas en baver jusqu'à regretter ta naissance."

Ravetan lança. "Vous faites une terrible erreur." Avant de réclamer à son âme sœur. "Calme-toi."

Volcan releva la tête tant que les chaînes qu'on venait de lui poser le lui permettaient, ses yeux flamboyant d'un feu de défi. Sa voix, brisée par le râlement qu'il retenait, résonna comme une sentence : "Tu n'es pas mon frère."

Un silence lourd s'abattit, si épais qu'on entendait presque le crépitement des flammes du campement et le cliquetis des maillons qu'on serrait autour de ses membres. Les Dragnors à proximité se jetèrent des regards noirs, certains esquissant un sourire carnassier.

On resserra les fers, et les dragonniers forcèrent le collier d'acier et la muselière sur la gueule du dragon. Volcan tenta de résister encore, ses ailes fouettant l'air, mais les lances s'abattirent, écorchant ses écailles pour le contraindre. Son rugissement, étouffé par le métal, vibrait toujours.

Le chef se détourna alors vers Ravetan et Fléo, comme si cette démonstration n'avait été qu'une mise en bouche. "Vous deux. Videz vos poches. Et vos sacs. Tout par terre, maintenant."

Fléo sentit sa colère et sa crainte se télescoper dans chaque fibre de son corps. Ses mains tremblaient, non seulement de peur, mais de frustration, alors qu'il délaissait ses biens un à un sous le regard impitoyable des dragons et des hommes. Le Grimoire niveau 1, l'œuf de pierre, ses notes, et enfin la petite bourse contenant les os d'écureuil glissèrent de ses doigts avec un sentiment d'abandon amer. Ravetan, lui, se contenta de déposer sa dague et quelques babioles d'apparence disparate, les traits tirés, le cœur lourd.

Chaque objet rendu semblait lui arracher un morceau de sa dignité. Son estomac se tordait, une rage sourde grondant sous la peur, incapable de s'exprimer autrement que par ce sacrifice forcé.

Le petit Dragnor se faufila en avant, ses épaules frôlant les hommes sur son passage, repoussant quiconque osait le gêner. Sa mâchoire partiellement fendue tressaillait à chacun de ses mots, et malgré sa taille réduite, son regard dur imposait le respect. Il ramassa le livre et les notes. "Des grimoires d'apprenti… ça, c'est à nous. Et les ingrédients de l'ermite aussi." D'un revers sec, il balaya les objets de Ravetan dans un balluchon.

Il saisit le sac de velours de Fléo, le souleva et le secoua légèrement pour en révéler la teneur. Son regard se posa sur les ossements d'écureuil. "Et ça, c'est quoi ?"

Fléo sentit son estomac se nouer en voyant le Dragnor manipuler la poche, dévoilant son contenu. C'était le dernier souvenir de sa sœur. "C'est… pour… lire l'avenir." Mentit-il, sa voix tremblant à peine. "Un petit jeu inoffensif. On jette les os et on interprète leur chute."

Le Dragnor éclata d'un rire exagéré, plein de mépris, puis haussa les épaules. "Superstitions de gamin. Garde-les, tes jouets." Il les lança sur Fléotan, et emporta tout le reste, y compris l'œuf de pierre.

Le chef fit un signe bref. "Asseyez-vous."

Fléo hésita, la gorge sèche, son regard oscillant entre les lames et l'ombre des dragons. Un garde, agacé, lui asséna un coup derrière les genoux. Ses jambes plièrent sous la douleur et il s'écrasa sur les rotules, un gout amer montant dans sa bouche. Ravetan, lui, se laissa tomber plus lentement, le visage fermé. Devant eux, Volcan, muselé et enchaîné, fixait le feu de camp.

Le dirigeant s'installa de l'autre côté des brasiers, saisit une outre, but longuement, puis laissa échapper un soupir satisfait. Il planta enfin ses yeux dans ceux de Ravetan, où se reflétaient les flammes. "Maintenant," dit-il, la voix basse, tranchante. "On a toute la nuit. Parle."

Le chef attendit que le bûcher crépite plus fort, illuminant le visage sombre de ses prisonniers. "Alors, l'ermite," commença-t-il d'une voix faussement décontractée. "Raconte-moi ce rituel. Ce sort si puissant qui peut "consumer" une personne. Je suis curieux."

Ravetan garda la tête baissée. "C'était une corruption… une maladie de l'âme. J'ai tenté une purification. J'ai échoué." Chaque mot semblait lui coûter un effort surhumain. "Quand est venu le temps d'invoquer une âme pure, j'ai mal évalué le souffle et le charbon à employer. Le rituel m'a drainé plus que prévu, et au moment crucial, mon apprenti a dérapé… une syllabe fausse. J'ai perdu le contrôle. Au lieu d'une âme pure, ce sont des morts extirpés d'outre-tombe qui ont surgi, brisant le plancher de mon atelier. Ils ont emporté le corps dans les abîmes, arrachant la chair et le déchiquetant en lambeaux."

Le chef ricana. "Une purification? Un Nécromancien de ton âge qui rate un simple sort de purification au point de se vider de toute son énergie? C'est pathétique." Il se tourna vers Fléo, dont les yeux étaient rivés sur le sol. "Et toi, le gamin. Tu l'as vue, ta sœur, se faire "consumer"?"

Fléo se figea, le cœur battant à tout rompre. Il sentit le regard de tous les Dragnors se poser sur lui. Il ouvrit la bouche, mais aucun son n'en sortit. "Laisse-le," intervint Ravetan, sa voix visiblement frustrée. "Il n'a pas à revivre ça."

"C'est ce que je pensais," dit le chef avec un sourire satisfait. "Les menteurs protègent toujours les menteurs."

Un bruit d'ailes lourdes déchira la nuit. Un des dragons éclaireurs venait de se poser en lisière du campement. Son dragonnier sauta à terre et marcha d'un pas rapide vers le commandant. "Chef! On a trouvé quelque chose."

Un silence total tomba. "Parle," ordonna le seigneur de patrouille.

"Des témoins au village voisin, Chef." Annonça l'éclaireur d'une voix tendue. "Ils confirment avoir vu deux dragonnes prendre leur envol ce matin, direction nord-ouest. "

Le vétéran Dragnor ne quitta pas Ravetan des yeux. Son sourire s'était effacé, remplacé par une expression de fureur froide. Le mensonge venait de s'effondrer. "La "folle" et la "fille consumée" n'étaient qu'une diversion. Une ruse."

"Tu nous as pris pour des imbéciles, KaNor!" siffla le chef. "Tu as organisé leur fuite." Il se leva lentement, sa main se posant sur la garde de son épée. "Tu n'es pas un simple ermite et la question qui se pose, c'est pourquoi? Il y a une seule raison que je pourrais voir... tu es un déserteur. Et tu viens de nous faire perdre un temps précieux."

Ravetan ne répondit pas. Il savait que tout était fini.

Il détourna son attention sur Volcan, enchaîné et muselé. "La punition pour le mensonge d'un traître est payée par son âme. Et l'âme d'un Dragonnier... c'est son dragon. Tuez-le. Lentement." Un sourire glacé fendit son visage tandis qu'il inclinait la tête, savourant déjà le spectacle à venir.

Alors que les deux bourreaux s'avançaient, la panique débloqua quelque chose en Fléotan. Plongeant la main dans sa bourse, il en sortit les osselets d'écureuil. Un murmure guttural dans la langue des morts, lui échappèrent des lèvres. Une lueur verdâtre enveloppa les os qui, dans un cliquetis, s'assemblèrent en deux squelettes agiles.

"Les serrures!" L'ordre fusa de son esprit, précis et désespéré.

Avant que quiconque ne puisse réagir, les deux petits revenants filèrent sur le sol comme des araignées, grimpant le long des membres de Volcan. Ignorant les guerriers, elles se jetèrent sur les lourds cadenas qui scellaient les chaînes. Leurs minuscules phalanges souples se faufilèrent dans les mécanismes complexes.

L'un des gardes ricana. "Il nous envoie des rats?"

Clic. Clic.

Deux sons métalliques, secs et discrets, se firent entendre. Les serrures étaient ouvertes et tombèrent au sol.

Volcan sentit instantanément la tension des chaînes se relâcher. Elles ne le retenaient plus prisonnier; elles ne faisaient que l'entraver. Il lui suffisait maintenant de tirer de toutes ses forces pour s'en débarrasser.

Ignorant ce qui venait de se passer, les deux bourreaux s'élancèrent, l'acier prêt à mordre. Leurs bras retombèrent aussitôt, incapables de lever une seconde fois.

Les chaînes claquèrent au sol dans un vacarme métallique. Volcan, haletant, secoua sa tête massive et arracha d'un coup de patte la muselière qui l'étranglait. Ses yeux d'ambre flamboyaient, sa poitrine se gonfla, et un rugissement fit vibrer la terre alertant tous ceux aux alentours.

Le premier dragon bondit, crocs béants. Volcan pivota et cracha un torrent de flammes noires. Le dragonnier fut fauché, ses hurlements se mêlant au rugissement de sa monture. La bête tint bon, sa peau se craquelant, ses écailles rougies comme du métal chauffé. Mais chaque seconde, il sentait la chair de son cavalier se consumer sur son dos. Il brailla, ivre de douleur, glaçant les guerriers tout autour.

Volcan profita de cet instant. Dans un grondement sourd, il se jeta en avant. Ses griffes se refermèrent comme des tenailles sur le crâne de son adversaire et sur une aile tendue. Un craquement retentit, sec, suivi d'un rugissement d'agonie. Puis Volcan plongea ses crocs dans la gorge tendre, arrachant un pan de chair et de veines dans une violente secousse. Le sang brûlant jaillit en un torrent pulsé, éclaboussant les Dragnors terrifiés. Il laissa retomber le corps qui s'effondra, la nuque fracassée, sa carcasse secouée de spasmes, sa tête rebondissant tel un ballon rattaché par un simple fil de muscle à ses épaules.

Mais les deux derniers n'attendirent pas. Ils se jetèrent sur Volcan comme des fauves. Le premier enfonça ses crocs dans son aile blessée, tirant violemment jusqu'à ce qu'elle se disloque et finisse par arracher. L'autre planta ses griffes dans son flanc, ouvrant une plaie béante d'où jaillissaient du liquide chaud et des tripes.

Ravetan tomba à genoux, hurlant en écho à chaque nouvelle lésion de son dragon. Sa main se serrait contre son bandage, déjà imbibé de sang. Chaque morsure, chaque déchirure, il les vivait dans sa propre chair, il pouvait gouté l'agonie de son âme sœur.

"Ravetan!" rugit Volcan, la gueule écumante, ses yeux roulant de douleur et de rage. "Utilise-moi! Maintenant!"

Fléotan comprit aussitôt l'intention de la bête. Une seule incantation pouvait naître d'une telle demande. Il ne l'avait jamais vue, uniquement lue dans les grimoires : le sacrifice de l'âme sœur du nécromancien. Les larmes aux yeux, il implora : "Non, père… tu ne peux pas faire ça!"

Ravetan hésita, les lèvres tremblantes. "Non… je ne peux pas…"

Volcan, secoué sous les assauts, trouva encore la force de hurler : "Sale fils de chienne! Tu es un Dragnor, agis comme tel! Achève-moi! Finis l'incantation! Fais de mes os une arme, ou nous mourrons tous les deux comme des chiens!"

Alors Ravetan fixa son garçon, le cœur lourd. Dépourvu d'ingrédients, il n'avait plus d'issue. Il arracha son bandage, exposant sa plaie béante, et planta ses dents dans la chair. Le sang coula sur ses doigts tremblants. Il incanta d'une voix éraillée, chargée de souffrance et de chagrin.

Le Chef, comprit à cet instant ce qui se tramait. Terrifié, il se précipita en hurlant : "Arrêtez-le! Ne le laissez pas finir!"

Volcan poussa un beuglement qui n'était plus de la douleur, mais de la pure horreur face à la profanation de son propre corps. Il fut secoué d'une convulsion si violente que ses muscles se nouèrent, et sa peau commença à se boursoufler en des angles contre nature. Sous l'épiderme tendu, on devinait ses côtes se briser et se remodeler en quelque chose d'autre.

"Couche-toi, Fléotan! À terre!" tonna la voix de Ravetan, chargée d'une urgence paniquée.

Fléotan n'eut pas le temps de réfléchir, seulement d'obéir. Il se jeta violemment au sol, le visage contre la roche froide, au moment précis où un son de déchirement humide et de succion écartela dans l'air. Une lance d'os, luisante de sang et de moelle, passa au-dessus de lui en sifflant, si près qu'il sentit le souffle glacial de son passage sur sa nuque.

Relevant à peine la tête, il vit l'horreur se déployer. Des dizaines d'autres piques osseuses avaient explosé hors du thorax et des flancs du dragon, transperçant les deux bêtes qui l'attaquaient. Leurs cris furent terribles, un mélange de rage, de douleur et de peur pure. Les lances traversèrent leurs corps de part en part, clouant les dragonniers à leurs selles dans une fontaine de sang et d'entrailles. Ils pendaient, agités de soubresauts pathétiques, empalés comme de grotesques insectes.

Le défilé se métamorphosa en un abattoir, la roche noyée sous un déluge de plasma visqueux et d'entrailles qui macula la scène d'un rouge écœurant.

Transformée en un porc-épic macabre, la carcasse de Volcan n'était plus qu'une enveloppe de chair déchirée, transpercée de l'intérieur par les dagues de son propre squelette. Il s'affaissa d'un seul bloc, s'abattant lourdement dans le liquide écarlate, déjà mort avant même de toucher terre.

Ravetan, titubant, la figure souillée de sueur et de crasse, leva ses yeux noirs désormais complètement blanc vers le chef Dragnor. Les guerriers qui avaient survécu au premier assaut par miracle reculaient, l'effroi gravé sur leurs traits, certains lâchaient leurs armes, d'autres restaient figés, pétrifiés.

Le chef, livide, arracha son regard du cadavre hérissé de Volcan pour le planter dans les yeux blancs et vides de Ravetan. Son attention était envoûtée par l'image du Dragnor chancelant, exsangue, qui tenait à peine debout.

"Par les dieux..." sa voix n'était qu'un murmure étranglé. "Déchaîner... ça... dans ton état?" Il secoua la tête, comme pour chasser une vision impossible. La terreur laissa place à une réalisation glaciale. "Ce n'est pas de la nécromancie. Un simple enchanteur de pacotille serait déjà poussière. C'était donc ça, la vérité... Tu es bien plus dangereux que les légendes ne le disaient."

Il fit un pas en arrière, ébranlé. "Je te reconnais maintenant… Mais c'est impossible. Tu es censé être mort. Tu es…"

Il n'eut pas le temps d'ajouter autre chose. Une main colossale, assemblée des os brisés de Volcan, sortit du sol et s'abattit sur lui. Son corps explosa dans un bruit humide, écrasé en un seul geste.

Silence.

Il ne restait que l'odeur âcre de la mort et de la terre profanée.

Ravetan gisait, vidé jusqu'à la moelle. Le sort l'avait brisé, l'avait arraché à lui-même. La douleur de son dragon avait été la sienne, une agonie qui avait duré une éternité : chaque os se brisant, chaque muscle se déchirant, chaque râle de Volcan s'était imprimé dans sa propre chair. Son regard restait figé sur la main mutilée qui avait scellé le pacte, son corps incapable du moindre mot. Tout son être criait encore.

Son corps céda, lourd, sans force. Fléotan se précipita, la gorge nouée, les joues pleines de larmes et de rage. "Comment as-tu pu?! C'était ton frère de toujours!"

Sa voix se brisa dans un sanglot déchirant. Il aurait voulu le brasser, lui gueuler son dégoût en plein visage, mais Ravetan n'était déjà plus qu'une coquille. Ses yeux se brouillèrent, et quand il voulut articuler une excuse, son corps protesta violemment.

Une secousse le traversa. Puis une autre, plus forte. Ravetan bascula, sa mâchoire claqua, ses doigts se crispèrent dans le vide. Il convulsa, tordu de spasmes, le sang battant à ses tempes.

Fléotan hurla, glacé d'horreur, impuissant devant le corps de son père qui se brisait à son tour.

Chapitre 7

Le Cauchemar du Silence

Les semaines qui suivirent furent une étendue de silence et de vent glacial. La saison des moissons tirait à sa fin, et l'air portait déjà la morsure de l'hiver à venir. Fléotan n'adressait presque jamais la parole à son père, et Ravetan, de toute façon, n'était plus tout à fait lui-même. La perte de Volcan avait creusé un gouffre entre eux, un vide rempli par les échos des hurlements de cette nuit-là. Chaque regard que Fléo posait sur son père était chargé d'un reproche muet; chaque silence de Ravetan était lourd de la douleur d'un homme qui avait perdu une partie de son âme. Il était devenu une ombre, son corps secoué de tremblements occasionnels, son regard souvent perdu dans le vague.

Ils avaient quitté leur vallée deux jours seulement après le massacre. Chaque heure comptait. La mort du détachement Dragnor serait bientôt signalée, c'était inévitable. Tôt ou tard, l'une des patrouilles envoyées en éclaireur par le chef reviendrait sur ses pas. Elle ne trouverait pas leurs camarades, mais le champ de cadavre qu'ils avaient laissé derrière eux. Et sans Volcan, leur fuite était une marche dérisoire. Chaque pas épuisant les séparait à peine du danger, alors qu'un dragon aurait déjà franchi des lieues en quelques battements d'ailes.

Fléo avait fait le gros du travail. C'est lui qui avait rassemblé l'essentiel : les quelques grimoires rescapés, les ingrédients de nécromancie les plus rares, et le peu de provisions qu'ils pouvaient emporter. Il avait tout chargé sur un brancard de fortune, bricolé avec deux longues branches et une toile tendue, qu'ils devaient tirer péniblement derrière eux sur le sol dur. Malgré son corps affaibli, Ravetan avait trouvé juste assez d'énergie pour aider son fils, ses gestes lents et mal assurés.

Pour brouiller leur piste, Fléotan avait attaché une gerbe de branchages feuillus à l'arrière du brancard, un balai rudimentaire qui soulevait la poussière et déplaçait la terre pour masquer leurs pas. Leurs journées étaient une longue marche éreintante sous un soleil sans pitié, et leurs nuits, une angoisse glacée. Ils ne faisaient jamais de feu, cherchant à attirer le moins possible l'attention, se contentant de viande séchée et d'eau froide. Blottis l'un contre l'autre sous une unique couverture, ils partageaient une chaleur qu'aucun d'eux ne ressentait vraiment. Le sommeil était un ennemi de plus. Fléotan avait du mal à trouver le repos, chaque craquement de branche le faisant sursauter. Son père, lui, se retrouvait presque chaque nuit à se réveiller en convulsion, le corps en sueur, tordu par une douleur invisible, revivant dans sa propre chair les spasmes des dernières minutes d'existence de son dragon.

La relation entre eux s'était transformée. Ce n'était plus celle d'un père et son fils, elle n'avait jamais été celle d'un maître et son apprenti. C'était celle de deux survivants liés par une tragédie commune, d'une famille déchirée, chacun hanté par le rôle qu'il y avait joué. Fléo était devenu le gardien silencieux de son père brisé, le poussant à avancer lorsqu'il voulait s'arrêter, le forçant à manger quand il n'avait pas faim. Et dans ce silence, une nouvelle dynamique s'installait : Ravetan, le puissant nécromancien, commençait à dépendre du gamin qu'il avait toujours tenu à distance.

L'enfant, déjà très éprouvé, devait devenir un homme malgré lui.

Leurs provisions s'amenuisaient plus vite qu'ils ne l'auraient espéré, les obligeant à un risque qu'ils avaient jusqu'alors évité : côtoyer la civilisation. La prudence dictait leur conduite. Ravetan était trop reconnaissable, son état trop fragile. C'est donc Fléo qui prit sur lui de s'aventurer aux abords des villages qu'ils croisaient.

Il laissa son père caché dans un bosquet à l'orée d'une bourgade et s'approcha seul à la faveur du crépuscule, le visage dissimulé sous une capuche. Il ne cherchait pas à entrer, seulement à écouter, à glaner des informations près d'une taverne ou d'un puits. Les bribes de conversations qui parvenaient à ses oreilles suffirent à glacer le sang qui lui restait.

Les rumeurs circulaient à leur sujet. Des histoires déformées, monstrueuses, racontées à voix basse. On parlait d'un "nécromancien renégat et de son fils démon" qui avaient tendu une embuscade à une garnison Dragnor. On décrivait une "boucherie", un massacre d'une brutalité inouïe. La vérité de leur combat désespéré avait été tordue en un acte de cruauté prémédité.

La confirmation vint lorsqu'il aperçut une affiche placardée sur le mur d'une grange. Grossièrement dessinée à l'encre, elle représentait la silhouette d'un Dragnor et d'un garçon relativement fidèle et ressemblant. Au-dessus, en lettres capitales, on pouvait lire : **"RECHERCHÉS — MORTS OU VIFS"**. Le texte en dessous parlait de fugitifs responsables du "dépeçage brutal" d'une garnison entière, et promettait une récompense considérable pour leurs têtes.

Fléo recula dans l'ombre, le souffle coupé. Ils n'étaient pas seulement des survivants en fuite. Aux yeux du monde, ils étaient des monstres, des assassins. Chaque porte leur était fermée, chaque visage pouvait devenir celui d'un chasseur de primes. Leur exode venait de prendre un tout autre sens, il n'y avait plus de retour possible. Jamais.

C'est Fléo qui le repéra en premier. Une créature trapue, longue comme un veau, mais basse sur pattes, fouillait le sol avec un groin charnu. Sa peau grumeleuse, couverte de plaques graisseuses verdâtres, luisait sous la lumière filtrant à travers les arbres. C'était un Grumelot. Fléo savait ce que c'était. Une proie de dernier recours, une masse de viande abondante au goût exécrable. Mais c'était de la viande.

Il fit signe à son père de s'arrêter. Sans un mot, il posa le brancard, s'arma d'une pierre aiguisée et commença à contourner la bête, profitant de sa lenteur proverbiale. Lorsqu'il fut assez près, la créature le sentit. Elle se figea, émettant un grognement profond et exsudant une odeur infecte de racine pourrie. Fléo ignora la puanteur. La faim était plus forte. D'un geste rapide et brutal, il frappa. L'animal s'effondra sans un cri.

Le dépeçage fut une épreuve. La peau était épaisse, la graisse rance, mais ils parvinrent à en tirer plusieurs larges morceaux de viande caoutchouteuse. Ils n'avaient rien mangé de frais depuis des semaines. La vue de la carcasse et l'odeur qui s'en dégageait répugnaient Fléo au plus haut point, mais il ne pouvait contrôler son estomac qui, lui, criait famine, ignorant son dégoût.

Alors que Fléo s'apprêtait à jeter les entrailles de la bête avec le reste des abats, le ton de Ravetan le figea. Assis sur une large pierre, il observait son garçon. "Conserve l'abdomen," dit-il, sa voix rauque brisant des semaines d'omerta. Fléo s'arrêta, surpris.

Ravetan continua, comme s'il donnait une vieille leçon oubliée : "Si le goût de cette bête est immonde, il y a un truc pour la rendre passable. Le feuillage qui a macéré à l'intérieur… une fois bouilli, il forme une sauce qui couvre le goût. C'est pour ça que je crois qu'on pourrait se faire un feu."

Fléo resta immobile un instant. Il dévisagea son père, la méfiance luttant contre la faim. Un feu? Après des semaines à vivre dans la peur? "C'est trop risqué," répondit-il sèchement.

"Nous sommes assez loin maintenant," rétorqua Ravetan. "Et cette viande sera immangeable, crue."

Il y avait quelque chose de différent dans sa voix. Une note de finalité. La perspective d'un repas chaud, même un plat au goût infect, l'emporta. Hésitant, Fléo obéit. Ils rassemblèrent du bois sec, et bientôt, une petite flamme vacilla entre eux. Le crépitement semblait anormalement bruyant dans le silence qui était devenu leur monde. Ils embrochèrent un morceau de Grumelot sur une branche et le placèrent au-dessus des braises, tandis qu'une décoction d'herbes tirées de l'estomac de la bête mijotait dans leur unique pot en fer. Une odeur amère et terreuse commença à s'élever, se mêlant à celle de la fumée.

Pour la première fois depuis des semaines, ils se regardèrent à la lumière d'autre chose que la lune blafarde. Le visage de Ravetan était creusé, vieilli de dix ans, mais ses yeux avaient retrouvé une lueur de concentration.

"Notre destination est une vieille taverne, à la lisière du continent," annonça-t-il enfin, répondant à la question que Fléo n'avait jamais osé poser. "Un endroit où les histoires meurent et où les hommes sans passé peuvent en trouver un nouveau. Une amie me doit une faveur. C'est là-bas que nous allons."

Fléo resta silencieux, mâchant péniblement un morceau de la viande caoutchouteuse et amère du Grumelot. Le goût était aussi mauvais que sa réputation, mais la sauce que son père avait préparée avait une surprenante saveur de fines herbes légèrement sucrée qui parvenait à masquer le pire. La chaleur du feu et de la nourriture dans son estomac était une sensation qu'il avait presque oubliée. Une destination. Un plan. Ce n'était pas grand-chose, mais après des semaines d'errance sans but, c'était comme si son père venait de rallumer une minuscule braise dans le vide glacial de sa poitrine. Pour la première fois depuis un cicle, leur chemin avait un nom.

Chapitre 8

L'Assasin du Passé

La chaleur du feu avait commencé à dégeler la carapace de glace qui entourait le cœur de Fléo, mais le silence, lui, persistait. Assis de l'autre côté des flammes, Ravetan semblait observer quelque chose dans la danse des braises. Lentement, il se pencha et ramassa une poignée de terre sombre et humide du sol de la forêt. De son couteau, il la pétrit, puis dans le creux de ses mains il la façonna en une boule grossière.

D'un geste précis, il se fit une petite entaille au bout du pouce. Une goutte de sang y affleura. Il la laissa tomber sur la sphère, la malaxant jusqu'à ce qu'elle prenne une teinte rougeâtre.

"Je sais que tu as toujours voulu que je t'apprenne l'art de la famille," commença Ravetan, sa voix basse se mêlant au crépitement du feu. Fléo leva la tête, surpris. "Tu sais ou j'ai connu ta mère, mais ce qu'on ne t'a jamais dit, c'est les circonstances dans lesquelles elle m'a rencontré."

Les doigts de Ravetan, tachés de terre et de sang, se mirent à tracer des signes complexes sur la surface de la boule, murmurant les mots d'une vieille formule. Fléo l'écoutait en silence, fasciné malgré lui, tandis que son père continuait son récit.

"Vois-tu, j'étais à l'époque un nécromancien respecté dans la hiérarchie des Dragnors. On m'avait nommé à la tête de mon propre escadron. J'avais tout, ou presque tout ce dont je croyais avoir besoin." Il fit une pause, prit une gorgée d'un thé d'herbes qu'il avait fait infuser. Ses souvenirs entrouvrirent, l'espace d'un souffle, une fenêtre sur le visage adoré de sa femme, avant de se refermer sur son récit. "J'étais en mission avec mon détachement. Mon second… mon second était un Enfant du Souterrain."

Fléo fronça les sourcils. Il n'avait jamais entendu ce nom. Ravetan sembla lire la question sur ses traits, tout en continuant sa cérémonie étrange. Il traça un premier jeu de runes sur la boule de terre ensanglantée, puis la replia sur elle-même comme une pâte, incorporant les symboles au cœur de la matière. Il recommença, esquissant de nouveaux signes sur la surface avant de les emprisonner à leur tour. Fléo reconnut la structure du rituel, sans en comprendre le but exact. C'était une magie de superposition, une préparation complexe, typique des ensorceleurs, et non des nécromanciens, un autre de ces secrets que son père gardait si bien.

"Un Enfant du Souterrain… C'est ce qu'on appelle les Drumains de la Lignée," expliqua Ravetan sans lever les yeux de son travail. Il n'avait jamais vraiment osé parler de son peuple, de son passé, de tout ce monde de violence qu'il avait quitté pour être avec Elara. Il avait voulu épargner à son fils ces horreurs. Mais leur fuite et la guerre qui se profilait renforçaient leurs chances d'en rencontrer un jour. Il valait mieux que Fléo sache quels dangers pouvaient l'attendre. "Une caste d'assassins à notre solde. Ils sortent rarement, vu leur petit nombre et la quantité de fausses couches qui décime leur espèce. Leur secret est une abomination… ou une bénédiction, selon le point de vue. Leur lignée de Drumainne porte un parasite, le Voragorne. Une sorte de tique cuirassée géante qui vit sur leur dos."

Il fit une pause, ses doigts s'arrêtant un instant. "Quand une femme de ce clan est enceinte, dès le début de la grossesse, le Voragorne de la mère implante un œuf dans l'embryon. On raconte que la violation de son corps est une souffrance immense, qui lui laisse à chaque fois une marque, comparable à un coup de couteau en plein ventre. L'enfant naît déjà lié à son propre parasite. Ils grandissent conjointement, comme un seul être, le Voragorne devenant une armure vivante dorsale. Pour attaquer, la créature se métamorphose : la carapace s'ouvre, s'étend, et se referme autour du Drumain, l'engloutissant dans son creux protecteur. C'est le symbiote qui devient la tête de forage, ses griffes déchirant la terre pour propulser l'ensemble. Une fois la cible atteinte, le Voragorne jaillit du sol et se rétracte instantanément sur le dos de son hôte, libérant le Drumain au cœur de l'action, les poignards déjà en main, prêt à frapper. Des assassins parfaits."

Ravetan reprit son pétrissage, repliant la terre sur elle-même pour y incorporer la deuxième séquence de symboles.

Il en dessina une troisième, encore plus complexe, tout en murmurant une nouvelle incantation.

"Mon second était le plus cruel que j'aie jamais rencontré. Il s'appelait Sangélyte…"

Le nom sembla laisser un goût amer dans la bouche de Ravetan. Il marqua une pause, traçant une quatrième série de runes avant de la sceller dans la terre. Fléo remarqua que la boule devenait plus chaude, une légère vapeur s'en échappant maintenant dans l'air froid de la nuit.

"Ses poignards n'étaient pas en métal," continua Ravetan, son regard toujours fixé sur son œuvre. "Ses lames étaient faites d'une gemme rouge, une pierre couleur de sang qui ne perdait jamais son tranchant et qui ne pardonnait pas entre ses mains. On raconte que ces gemmes étaient extraites du cœur des montagnes, sous les Grottes-sans-Fond, là où la terre elle-même saignait encore de sa création."

Il s'interrompit à nouveau, prononçant une cinquième incantation, cette fois d'une voix plus forte, presque un chant. La boule de terre se mit à luire d'une faible lueur rougeâtre sur sa surface, pulsant au rythme des syllabes de son père. Fléo ne comprenait toujours pas le but de ce rituel.

"Sangélyte et moi, nous étions les deux faces d'une même pièce. À l'époque, on était comme des frères. J'étais le stratège, le nécromancien qui commandait les macchabées et planifiait les assauts. Volcan…" Il prononça difficilement le nom de son dragon, sa voix se brisant un instant, comme si le simple fait de l'entendre ravivait le chagrin qu'il traînait toujours. Après une pause pour reprendre son souffle, il continua :"… Volcan était la mort venant des cieux. Lui… Sangélyte était la lame qui exécutait dans le silence. On ne laissait rien derrière nous. Hommes, femmes, enfants… tous y passaient. Que des villages de fantômes et des rumeurs terrifiées… C'était notre mission : étendre l'influence des Dragnors par la peur. Et nous étions doués. Trop doués… jusqu'au jour où l'on nous a envoyés dans une vallée perdue, une vallée qui n'aurait dû être qu'une formalité. Le lieu où vivait ta mère."

Fléotan l'écoutait, pétrifié. L'image de son père, le gardien muet et brisé de ces dernières semaines, se superposait à celle du monstre qu'il décrivait. Un chef de guerre, un meurtrier sanguinaire qui rasait des villages. Il était horrifié. Il n'avait jamais envisagé cette facette de lui, cette brutalité froide qui expliquait soudain tant de choses : le silence, la dureté, le refus de parler du passé.

Ravetan déposa la grosse balle de terre rougeoyante près du feu. Avec une précision méthodique, il en détacha de minuscules morceaux. Il cracha dans la paume de sa main, mélangeant sa salive à la mixture, et se mit à rouler chaque fragment entre ses doigts jusqu'à former de petites billes parfaitement rondes, qu'il aligna soigneusement sur une pierre plate. Chacune semblait contenir une étincelle de la lueur de la boule mère.

"On avait presque fini," reprit Ravetan, sa voix dénuée d'émotion, comme s'il décrivait le travail d'un autre. "Le village était à feu et à sang. Il ne restait que quelques habitants à débusquer dans les bâtiments. C'était la partie que l'on préférait. Une chasse aux derniers survivants."

Le dégoût monta à la gorge de Fléo, mais il demeura silencieux, captivé par l'horreur du récit.

"On a foncé dans l'une des dernières maisons encore debout. On s'attendait à trouver une petite famille, apeurée, surement prête à se défendre jusqu'à la mort, comme tant d'autres avant elle. On n'allait pas faire de quartier. J'ai défoncé la porte avec une hache que j'avais arrachée au cadavre d'un villageois à l'abord des marches et une odeur de chair brûler étouffante nous attaqua en entrant. Sangélyte était juste derrière moi, son Voragorne frémissant d'excitation sur son dos. Il léchait nonchalamment le sang de sa dernière victime sur ses lames de gemme."

Ravetan fit une pause, roulant une autre bille entre ses doigts. Son attention transperça les flammes, et pour la première fois, une trace d'une émotion lointaine, presque oubliée, traversa son visage. "Ce que j'ai trouvé à l'intérieur, c'était un fermier Drumain, gravement blessé, le corps à moitié brûlé. Une femme était à ses côtés, en train de lui prodiguer des soins. En nous voyant, elle s'est figée, son regard effrayé se posant sur moi. Pour moi, ce n'était rien. Juste deux vies de plus à éteindre, une pauvre existence sans importance. J'ai avancé pour en finir."

Il leva les yeux de son rituel pour fixer Fléo, comme pour s'assurer qu'il comprenait bien l'horreur de ce qu'il était. "J'ai brandi ma hache, prêt à l'abattre sur eux."

Son souffle se fit plus court. "C'est là qu'une main, sortie de nulle part, a intercepté mon élan. Elle a saisi mon poignet avec une force que je n'aurais jamais soupçonnée. Au même instant, j'ai senti la pointe glaciale d'un couteau se planter contre mes côtes, juste assez pour percer le cuir sans transpercer la peau. Je me suis toujours demandé pourquoi elle n'avait pas frappé. Elle me tenait en joue. Elle aurait pu mettre fin à mes jours à cet instant précis, et je n'aurais rien pu faire."

"" Arrête," me dit-elle, sa voix douce, mais pleine d'une autorité de fer. "Tu t'es suffisamment abreuvé du sang de mon clan.""

"Sangélyte, derrière moi, n'avait rien vu venir non plus. Il s'est contenté de s'adosser contre le cadre de la porte en ricanant. "Ouin, t'es dans une fâcheuse position, mon frère.""

"J'ai tourné la tête pour regarder mon agresseur, celui qui me tenait à sa merci. Et c'est là que je l'ai aperçue pour la première fois."

Le rythme du pétrissage de Ravetan ralentit, presque jusqu'à s'arrêter. "Mon cœur a fait un bond dans ma poitrine. Ce regard... ce regard de défi m'a transpercé plus profondément qu'aucune arme n'aurait pu le faire. J'étais comme envoûté. Je ne percevais aucune crainte en elle, uniquement une ténacité inébranlable. Et cette main... cette peau si douce qui emprisonnait toujours mon poignet..."

Voyant que je ne réagissais pas, que j'étais figé par cette rencontre improbable, Sangélyte décida d'intervenir. Son ricanement cessa, remplacé par une impatience cruelle. "Si tu n'es pas pour en finir, je vais le faire," m'a-t-il dit.

Et il fondit sur la Drumainne sans défense qui était agenouillée près du blessé. D'un coup de lame vive, il lui ouvrit la gorge, causant une giclée de sang. Avant même que son corps ne touche le sol, il avait déjà pivoté sur lui-même et, comme si elle ne pouvait pas être plus condamnée, lui planta son autre poignard directement dans l'orbite. Puis il me regarda, un sourire sadique aux lèvres, et j'entendis le bruit obscène de la lame qui tournait dans la cavité, raclant l'os.

Tout cela sous les yeux horrifiés de la femme qui me tenait en joue.

Elle poussa un cri qui me déchira les tympans, un "Non!" Je sentis la pointe de son couteau presser contre mes côtes, la dague commençant à se frayer un chemin sous ma peau. Mais elle hésita, puis arrêta son geste, sa propre douleur plus forte que sa colère. Le blessé au sol a tenté de s'agripper à lui, une dernière tentative désespérée, mais c'était déjà trop tard. Sangélyte extirpa sa lame de l'œil de sa victime avec un sourire possédé, puis frappa l'homme en pleine tempe avec sa botte, lui écrasant la tête contre un coin de meuble, encore et encore. Ce son... le bruit du crâne qui se fracture sous les coups, ça a résonné dans toute la pièce. Je l'entends toujours. Le sang giclant partout.

L'inconnue à mes côtés me supplia, sa voix brisée : "Dites-lui d'arrêter... Je vous en prie..."

Son intonation me secoua. Pour la première fois, je voyais l'horreur de nos actes sous un autre angle, comme jamais je ne l'avais perçue auparavant.

Sangélyte reporta son attention sur nous. Il leva son poignard, dont la lame de gemme avait emporté l'œil de la victime. D'un geste obscène, il ouvrit la bouche, prit le globe oculaire entre ses lèvres et l'avala. "Et puis?" demanda-t-il en me fixant. "Tu t'en occupes, ou je le fais?"

La femme me murmura à nouveau, sa voix un souffle tremblant : "Je vous en supplie, ne m'obligez pas à faire ça."

Je regardai Sangélyte. "Non," dis-je. "On ne tuera pas celle-ci."

Son expression changea, passant de l'amusement à l'incrédulité. "Tu débloques? Tu connais les ordres : aucun survivant. Depuis quand tu t'es fait pousser une conscience?"

Un silence tendu s'installa, qui me parut durer des minutes. Il revint à la charge. "OK. Tu ne veux pas le faire, c'est ton choix. Laisse, je vais m'en occuper."

"Non. J'ai dit non!"

"Comment ça, "non"?!" Il se mit à marcher de long en large, furieux. Et d'un coup, il a foncé sur elle en gueulant "Tasse-toi, je vais moi-même l'égorger comme une vieille truie!" Je ne l'avais jamais vu si enrager.

Sans même y penser, dans un réflexe involontaire, mon corps bougea. La main qui tenait mon poignet m'avait lâché, et ce même bras s'abattit sur Sangélyte avec la puissance d'un bélier, l'interceptant avant qu'il ne puisse atteindre sa cible.

Le choc le fit reculer d'un pas, j'avais plus les idées claires. L'instant d'une seconde je ne comprenais pas ce que je venais de faire, mais il était trop tard pour revenir en arrière. Si j'hésitais une seconde de plus il en était fini de moi. J'étais devenu sa proie, je ne lui laissai aucun répit. La rage avait pris le contrôle. Ma hache, que j'avais arrachée au cadavre d'un villageois, était déjà dans mes mains. Je hurlai et frappai de toute ma force.

Mais il était rapide, démoniaquement rapide. Il pivota sur lui-même, et ma lame, au lieu de s'enfoncer dans son épaule, trancha en plein dans la masse sombre et chitineuse qui se tortillait sur son dos. Le Voragorne. Un cri strident, un mélange de sifflement et de vociférations, déchira l'air. La carapace du symbiote éclata dans une gerbe d'ichor noir et visqueux. La créature, coupée presque en deux, tomba de mon ancien camarade et s'écrasa sur le sol en convulsion.

Sangélyte recula en titubant, je pouvais voir d'incrédulité sur son visage. Ses yeux se posèrent sur la carcasse de son âme sœur, puis il releva la tête vers moi. La cruauté avait disparu de son regard, remplacée par une fureur si pure et si totale qu'elle en était terrifiante. Il était devenu une bête.

"Tu vas mourir!" me jura-t-il, avant de se jeter sur moi comme une tornade de coup vicieux.

Je parvins à parer le premier de ses poignards avec le manche de ma hache, mais le second couteau me mordit profondément au flanc. Une douleur fulgurante me transperça, et je sentis la lame de gemme grincer contre mes côtes. L'impact me fit perdre l'équilibre et je m'effondrai lourdement à terre. Il se dressait déjà au-dessus de moi, ses yeux injecté de sang, prêt à m'achever. Par pur réflexe, je lui envoyai ma botte en pleine poitrine, le repoussant juste assez pour me donner une seconde.

Je me remis sur pied en grimaçant, le pouvais sentir un liquide chaud couler le long de ma jambe. Il revint à la charge. J'esquivai de justesse une estocade qui m'aurait ouvert la gorge. C'est à cet instant qu'une ombre se détacha du coin de la pièce.

L'Elena… D'un mouvement fluide et silencieux, elle se glissa derrière lui et lui planta son poignard jusqu'à la garde entre les côtes. Sangélyte poussa un grognement de surprise et de douleur. Il se retourna, arrachant la lame de son dos, prêt à bondir sur elle, le visage tordu par la haine.

Ce fut son erreur. Cette unique seconde d'inattention, c'était tout ce dont j'avais besoin. Rassemblant mes dernières forces, j'ai fait un pas en avant et j'ai abattu ma hache. Il n'y a pas eu de parade cette fois. Le métal lourd s'est enfoncé dans son crâne. Je me souviens encore du bruit, un son sourd et humide, un craquement sinistre qui résonne toujours dans mes cauchemars. J'ai senti la lame fendre l'os et la chair jusqu'à sa mâchoire. J'avais déjà planté mon arme dans le corps d'un être vivant, mais cette fois si c'était une tout autre chose. Je le connaissais depuis si longtemps. J'ai lâché le manche instantanément. Et je ne sais pas comment ça il n'est pas tombé mort sur place, il s'est retourné et m'a regardé directement. J'ai vu ses yeux s'écarquiller de surprise, juste avant que sa tête ne s'ouvre littéralement en deux.

Le corps de Sangélyte bascula lourdement en arrière, s'effondrant sur le sol.

Le silence qui suivit était plus assourdissant que le fracas du combat. Le souffle me manqua, et la douleur de mon flanc revint en une vague brûlante qui me fit plier en deux. Je m'appuyai sur ma hache pour ne pas tomber, le regard fixé sur le carnage.

Puis, je levai les yeux vers elle.

Au moment précis où Ravetan finissait sa phrase, il lança sans prévenir une des petites billes de terre dans la flamme. Il y eut un bruit de détonation sourde, suivi d'une explosion de lumière vive, comme un feu d'artifice miniature qui arracha Fléo à l'immersion totale du récit. Il sursauta violemment, son cœur battant la chamade, son attention brutalement ramenée du massacre dans la maison, au feu de camp qui crépitait devant lui.

Un minuscule golem de feu, pas plus haut que sa paume, s'extirpa des braises. Il se mit à courir entre les bûches, lâchant de petits projectiles de couleurs qui explosaient doucement dans les airs en gerbes d'étincelles vertes et bleues.

Face à la surprise totale sur le visage de son fils, Ravetan éclata d'un fou rire. C'était un ricanement joyeux, avec un son rauque, cassé, un rire qu'il n'avait pas entendu depuis des années. Après quelques secondes de spectacle pyrotechnique, le minuscule golem de flammes s'arrêta, vacilla, et fondit sur lui-même comme une guimauve sur le feu, ne laissant qu'une petite tache noire sur un rondin rougeoyante.

Le silence retomba, seulement troublé par le crépitement du bois.

"Donc, maintenant tu as la vraie version de l'histoire," dit Ravetan, sa voix redevenue grave. "Je n'étais pas dans ce village pour sauver ta mère. J'étais là pour la tuer."

Il prit une autre bille, la lança dans le brasier qui détona à son tour, et conclut : "Ce jour-là, le Drumain que j'étais est mort. En vérité, c'est elle qui m'a sauvé. "

Chapitre 9

La Voûte du Savoir

L'aube était grise et froide. Les cendres du feu n'étaient plus qu'une tache noire sur le sol de la forêt. Ravetan était déjà debout, le dos tourné, en train de ranger leurs maigres possessions sur le brancard. Il bougeait avec une raideur nouvelle, comme si le poids de son histoire l'avait soulagé d'un fardeau sur les épaules pendant la nuit.

Fléo resta assis, enroulé dans sa couverture, les boules de terre que son père avait fabriquée la veille posée à côté de lui. Elle était maintenant dure et froide comme une pierre. Il en prit une dans sa main. Elle était étonnamment lourde.

"C'est quoi?" demanda-t-il, sa voix rauque. C'était la première chose qu'il disait.

Ravetan se retourna. Son visage était un masque impénétrable. "Une leçon."

"Quelle leçon?"

"Celle que tu réclames depuis que tu aies six ans," répondit Ravetan en se rapprochant. Il s'accroupit devant Fléo, son regard plongeant dans le sien. "Le prix du savoir. Hier, je t'ai raconté une histoire. Aujourd'hui, je commence à t'enseigner. Pour de vrai."

Fléo sentit un frisson le parcourir, un mélange de peur et d'une excitation qu'il n'avait pas ressenties depuis longtemps. Il regarda la boule de terre dans sa main. "Et ça… c'est quoi?"

"C'est une balise," expliqua Ravetan. "Infusée de mon sang, de mon intention et d'une partie de mon pouvoir. Si jamais on est séparés, en supposant qu'il m'arrive quelque chose… ces billes te guideront vers moi. Ou vers ce qu'il en restera. Ce n'est pas une chose qu'un nécromancien apprend : mais moi je te montre comment ne jamais perdre la trace de tes morts."

"Et c'est normal qu'elle lâche des flatulences lumineuses?"

Il se releva. "Non, ça, c'est ma touche personnelle. Tu trouveras bien la tienne le moment venu. Chaque mot que je t'adresserai à partir d'aujourd'hui sera une leçon. Alors, écoute bien. Maintenant, en route. "

Leur marche reprit, mais il n'était plus le même. C'était un silence studieux, attentif. Fléo suivait son père, non plus comme un gardien, mais comme un apprenti. Pour la première fois, le trajet vers la taverne à la lisière du continent n'était plus seulement une fuite. C'était une salle de classe qui s'était lentement effritée, remplacée par une nouvelle forme d'agacement, du moins pour Fléo.

Depuis leur départ du campement, Ravetan n'avait cessé de l'interroger. Des questions simples, presque insultantes. "Si tu trouves une tombe fraîche, quel est le premier signe à considérer pour savoir si le mort a été emporté par la maladie ou par la violence?"

"Quelle est la différence fondamentale entre l'écho laissé par un animal et celui donné par un homme?"

"Pourquoi ne faut-il jamais utiliser le sang d'un reptile pour un rituel de conservation?"

Jour après jour, l'interrogatoire continuait. Ravetan cherchait à comprendre l'étendue des connaissances de son fils, à sonder les limites de ce qu'il avait appris en volant ses grimoires.

Mais pour Fléo, cette pluie de questions était devenue une torture. Il avait l'impression que son père s'adressait à lui comme à un enfant de cinq ans, vérifiant du savoir de base qu'il maîtrisait depuis des années. Chaque point lui semblait futile, une manière de retarder la véritable formation. Aucune nouvelle leçon ne lui avait été donnée, aucune formule, aucun rituel. La promesse de son père commençait à sonner creux, et le doute s'insinuait en lui. Allait-il vraiment finir par lui enseigner quelque chose, ou se contenterait-il de le tester jusqu'à la fin de leur voyage? Une pensée sombre et amère se forma dans son esprit : "Si le plan est de continuer cet interrogatoire jusqu'à ce que mort s'ensuive, il est sur la bonne voie."

Ce que Fléo ne comprenait pas, c'est que la leçon avait déjà commencé. Un maître doit d'abord connaître le niveau de son apprenti avant de lui confier un savoir qui pourrait le tuer.

Un soir, alors que le crépuscule teintait le ciel de violet, Fléo répondait avec une lassitude manifeste à une autre question sur les propriétés des différents types d'ossements. Ravetan l'arrêta d'un geste de la main. "C'est bon. J'en ai assez entendu. Nous allons camper ici pour ce soir."

Ils s'installèrent dans une petite clairière abritée du vent. Une fois le feu crépitant, Ravetan fixa son fils d'un regard intense. "Dans le sac..." commença-t-il d'une voix rauque. "Tu as ramassé un os après la bataille. Un fémur, déformé par le sort. Et le deuxième grimoire, celui de mon bureau. Sors-les,-moi."

Fléo se figea. Il n'en avait pas parlé, pourtant son père savait. Poussé par un instinct qu'il ne comprenait pas, il avait effectivement récupéré un fragment du squelette de Volcan, tordu et vitrifié par la puissance du destin sacrificiel. Lentement, il hocha la tête. Il ouvrit son sac et en extirpa d'abord le livre, plus petit et plus sobre que le grimoire maudit, puis le fémur. L'os semblait presque vivant à la lueur des flammes, son énergie résiduelle pulsant doucement.

Il disposa les deux objets près de son père, puis alla se rasseoir de l'autre côté du feu, reprenant sa place d'observateur.

Ravetan empoigna le fémur avec une délicatesse qui surprit Fléo. Il le fit tourner entre ses mains, son regard se perdant dans ses formes tordues. "Un nécromancien ne gaspille rien," dit-il, sa voix basse. "Surtout, pas le sacrifice."

Il posa l'os sur le livre à côté de lui et fixa son fils. "Sais-tu ce qu'est le Plan des Secrets?"

Fléo secoua la tête.

Ravetan eut un rictus. "Bien sûr que non. C'est le nom pompeux que les vieux textes lui donnent. Moi, j'appelle ça ma garde-robe à jouets pour adultes."

Il tendit la main, ouverte vers le ciel. L'air au-dessus de sa paume ondula un instant, et l'objet apparut, simplement, sans un son. Une armure d'os pour deux doigts, des phalanges articulées et jaunies se terminant par des griffes acérées.

Ravetan enfila les deux doigts d'os sur son index et son majeur, qui s'ajustèrent avec un cliquetis sec. "Forgée avec les os de ma première victime, j'aimais l'ironie du sort. À l'époque, j'ai trouvé cette forme plus... directe qu'un bâton. Plus sanguinaire."

Il fit jouer ses doigts, les extensions bougeant avec une fluidité parfaite. "Mais des griffes, c'est pour tuer. Un bâton... c'est pour guider. Pour canaliser." Puis, il regarda le grimoire installé à ses côtés. "Et pour lire ce livre que tu n'as jamais réussi à ouvrir, il faut lui montrer que tu appartiens à la lignée."

Il posa les deux doigts griffus sur la couverture. Une faible lueur rouge enveloppa les os. Avec un bruit de pierre qui grince, la reliure s'entrebâilla.

Ravetan ne l'ouvrit pas complètement. Il le poussa vers Fléo. "Pour le débarrer toi-même, il te faudra ton propre abacus. Pour toi, ce sera un bâton."

Fléo regarda le livre, puis son père. Avant de le prendre, il posa une main tremblante sur la couverture en cuir. "Tu ne peux pas imaginer le nombre de fois que j'ai tenté de voir ce qu'il contenait," murmura-t-il, comme un aveu longtemps gardé.

Un rictus presque imperceptible étira les lèvres de Ravetan. "Oh, au contraire. Je n'ai aucune difficulté à l'imaginer."

Surpris par ce ton presque amusé, Fléo s'empara enfin du grimoire, l'ouvrant avec précaution aux premières pages. Les textes étaient anciens, l'écriture serrée, mais les schémas étaient clairs : des diagrammes d'énergies, des cercles de pouvoir, et des notes sur quelque chose appelées "l'Essence".

Pendant que Fléo lisait, Ravetan ramassa le fémur de Volcan. Ses griffes d'os, qui semblaient faites pour déchirer la chair, se mirent à caresser la surface déformée avec une précision d'artiste. À chaque passage, elles creusaient l'os, non pas en le taillant, mais en la remodelant comme de l'argile, lui donnant lentement la forme d'un bâton.

"Chaque nécromancien possède une Essence qui lui est propre," commença Ravetan, sans quitter son œuvre des yeux. Sa voix se mêlait au bruit de ses griffes sur la carcasse. "C'est la teinte de ton âme, la signature de ton pouvoir. Elle détermine la nature de ta magie, elle peut changer et même évoluer avec les années ou les expériences. La mienne... elle a toujours été liée au sang, au sacrifice. Une vivacité rouge, brute. C'est la nécromancie de la chair, organique, qui prend la vie pour alimenter les facultés."

Fléo leva les yeux de sa lecture. Les notes sur la page parlaient exactement de cela, classifiant les essences par couleurs.

"D'autres naissent avec une aura orange brûlée. Instable. Un pouvoir immense, mais qui tend vers l'autodestruction et la folie. Les textes disent qu'ils sont condamnés, mais il y a toujours des exceptions. Une volonté assez forte peut défier n'importe quel pronostic."

Il fit une pause, son geste se faisant plus délicat sur l'os. "Ce vieux grimoire parle aussi d'autres essences, plus rares. Une énergie verte ou bleue, avec un cœur blanc, liée à l'esprit et aux échos de la vie… Mais ce ne sont que des rumeurs, des légendes couchées sur papier. Je n'en ai jamais vu de mes propres yeux."

Il concentra son attention sur le bâton qui prenait forme, le silence s'installant un instant.

"Et la mienne? Quelle est la mienne?"

"Patience," répondit Ravetan d'une voix sèche, sans cesser son travail. "Connaître sa couleur est un aboutissement, pas un point de départ. Tu poses la dernière question en premier. Le grimoire t'expliquera la théorie. Moi, je te montre la pratique. Toi tu devras la trouver seul. Mais le conduit... nous le forgeons ensemble."

Cette nuit-là, et toutes les nuits qui suivirent sur la route, un nouveau rituel s'installa. Après leur pèlerinage et un maigre repas, Ravetan sortait le fémur. À la lueur du feu, il se mettait au travail tout en enseignant à voix basse les leçons interdites, ces vérités dictées dans les anciens livres et ces secrets murmurés de génération en génération, que nul manuel ne contenait.

Lentement, soir après soir, l'objet commença à prendre forme. Il ne le sculptait pas, il le remodelait, comme si ses doigts pouvaient communiquer avec la structure, le convaincre de changer d'aspect. Il polissait une courbe, affinait une ligne, semblant canaliser l'énergie résiduelle de l'os par sa seule volonté, la concentrant.

Le bâton prenait forme, non pas en quelques heures, mais au rythme de leur voyage. C'était devenu leur projet commun, un héritage qui se construisait littéralement sous les yeux de Fléo. Chaque soir, le bâton était un peu plus achevé, un peu plus puissant a son image. La route vers la taverne n'était plus une fuite; c'était un atelier à ciel ouvert.

Chapitre 10

Suivre le Courant?

Ils avaient voyagé pendant des semaines. Le bâton de Fléo, façonné soir après soir, était enfin achevé, sombre et lisse dans sa main. La route les avait menés loin vers l'ouest, à travers des forêts de plus en plus anciennes. Selon Ravetan, ils n'étaient plus qu'à deux jours de marche de la taverne.

C'est alors qu'ils atteignirent une large rivière dont le courant puissant charriait des eaux froides venues des montagnes. Tandis qu'ils cherchaient un gué, Ravetan s'arrêta brusquement, levant une main pour intimer le silence à son fils. De l'autre côté de la rive, une créature s'abreuvait.

Son corps avait la silhouette d'un chevreuil, mais une bande dorsale presque noire courait le long de son échine, et de petites taches argentées luisaient sur ses flancs. Sa queue, plate et large comme celle d'un castor, reposait sur la berge.

"Un Queuefrange," murmura Ravetan, ses yeux brillants d'une lueur de chasseur. Fléo n'avait jamais vu une telle créature; elle ne vivait pas dans les environs de leur ancienne vallée. "Sa viande est délicieuse. Reste là et ne bouge pas."

Ce soir, ils auraient un bon repas.

Fléo observa, fasciné. Son père fit apparaître son gant d'os. Puis, il ferma les yeux un instant. Un point lumineux d'un rouge sanguin se forma à ses côtés. La sphère vacilla et prit de l'expansion, des vrilles d'énergie pure et volatile. Ces filaments cramoisis crépitaient dans l'air comme des veines de foudre, dessinant des formes erratiques avant de se dissiper à leur extrémité. Le sol sous le faisceau se couvrit d'un tapis de brume rougeâtre à l'image d'un givre, et le portail se stabilisa en un ovale vibrant, une plaie ouverte dans la réalité.

Sans une hésitation, Ravetan y entra et disparut.

Le Queuefrange, qui n'avait rien remarqué, releva la tête par instinct, les oreilles dressées, mais il était trop tard. Le portail rutilant se reforma juste derrière lui. Ravetan en émergea, sa main gantée déjà levée, et enfonça d'un coup direct ses griffes acérées dans la nuque de l'animal.

Le cri de la créature fut terrible, un son étranglé qui se rompit net alors que ses membres se raidirent, la clouant sur place. Son corps s'arqua en un spasme impossible, tordu par une force invisible. Puis vinrent les craquements. Un bruit humide et ignoble, celui d'os se disloquant sous la fourrure. Vertèbre par vertèbre, sa colonne commença à percer son dos, déchirant la peau et les muscles pour s'extraire à l'air libre, la laissant pantelante, son propre squelette exposé et sanglant.

L'animal s'effondra au sol, la colonne vertébrale désormais suspendue au-dessus de sa carcasse par des lambeaux de tendons.

D'un geste vif, Ravetan agrippa la colonne vertébrale encore chaude qui flottait dans les airs. D'un coup sec, il la lança dans le courant de la rivière, où elle disparut dans un clapotis. Il se pencha rapidement, sortit sa dague, et égorgea proprement la trachée pour abréger ses derniers spasmes.

Sans plus de cérémonie, il posa une main sur la bête morte. Un nouveau portail, plus gros cette fois, s'ouvrit devant lui. Il y poussa la carcasse du Queuefrange, puis y sauta à son tour. Presque au même instant, la brume rougeâtre se matérialisa non loin de Fléotan. Le corps de l'animal en fut projeté le premier, s'écrasant lourdement sur l'herbe. Son père en sortit juste après, ravit.

"La leçon du jour, Fléo : le chemin le plus court est toujours celui que ton ennemi ne voit pas venir. Maintenant, préparons le campement. Ce soir, on ce régal."

Ils prirent une heure pour s'installer et parer leur butin. L'odeur riche de la viande de Queuefrange grillant sur le feu était un luxe qu'ils n'avaient pas connu depuis des mois. Après avoir mangé à leur faim, Ravetan se tourna vers son fils, mais ne dit qu'un mot : "L'os."

Il travailla encore un moment à la lueur des flammes, mais cette fois dans un silence total. Ses doigts griffus apportant les touches finales au bâton. Il ne le sculptait plus, il semblait l'imprégner de sa volonté, polissant sa surface jusqu'à ce qu'elle ait l'éclat sombre de l'obsidienne.

Après l'avoir analysé sur tous ses angles, il le tendit à Fléo. "Il est enfin fini. Mais il n'est pas encore à toi. Il reste la cérémonie pour l'activer, pour lier son essence à la tienne."

Fléo observa, perplexe, tandis que son père s'était levé afin de commencer les préparatifs. "Ce n'était pas un simple enchantement. C'était une véritable mise en scène magique." S'était dit Fléotan.

Avec la pointe de sa dague, Ravetan se mit à tracer des symboles complexes dans la terre autour du feu de camp, le principal étant une forme de huit qui encerclait le brasier. Il plaça ensuite le bâton avec une infinie précaution dans l'une des boucles du huit.

"Mets-toi dans l'autre cercle," ordonna-t-il. "Et ne bouge plus, quoi que tu voies."

Fléo obéit, le cœur battant. Une fois son fils en position, Ravetan se dirigea vers la flamme. Son apparence commença à changer. Ses yeux se révulsèrent dans leurs orbites, ne laissant voir que le blanc injecté de sang. Sa peau se craqueler comme une terre desséchée, et une lueur écarlate et coagulée suintait des ses fissures. Ses lèvres marmonnèrent des paroles incompréhensibles.

Puis, il entra directement au cœur du brasier. Les flammes ne le brûlèrent pas; elles l'enveloppèrent, changeant de couleur pour devenir à leur tour d'un rouge sombre et huileux. Le corps de Ravetan semblait fusionner avec elles, sa voix s'élevant, chargée d'un écho d'agonie.

Au point culminant du rituel, la douleur parut submerger Ravetan. Il se saisit la tête à deux mains. Ouvrant grand la bouche jusqu'à déboîter sa mâchoire, il poussa un hurlement sinistre tout en effectuant une dernière incantation. Dans un mouvement inattendu, il écarta brusquement les bras. De ses mains jaillirent des flammes rouges qui ne se dispersèrent pas au hasard. Elles suivirent les symboles tracés au sol comme de l'huile dans un conduit. L'énergie parcourut la forme du huit et embrasa le bâton d'os. Le brasier qui le recouvrait passa du rouge au turquoise incandescent.

Le rituel terminé, le feu reprit son berceau et Ravetan alla s'asseoir, chancelant, sa mâchoire se remettant en place avec un claquement sec. Il semblait avoir vieilli de vingt ans. L'artefact gisait dans son cercle. Sa surface, cendrée tel un ciel d'orage, était apparaissait comme une écorce d'arbre nervurée, mais polie jusqu'à luire d'une laque lustrée. Son corps tremblant sous l'effet du contrecoup.

Il regarda son fils, qui tenait déjà le bâton, fasciné. "Maintenant... il est à toi," réussit-il à articuler, sa voix, un souffle rauque. Il ferma les yeux un instant, rassemblant ses dernières forces. "Je suis épuisé... La suite ira à demain. Pour ce soir... je dois me reposer."

Fléo resta debout, seul dans le silence, l'artefact vibrant dans sa paume. Son regard se posa sur Ravetan, recroquevillé et vidé. Et pour la première fois, il ne découvrit plus le monstre qui commandait aux morts, ni le maître qui dictait les leçons. Il ne voyait qu'un père. Un homme brisé par l'effort consumer pour forger cet outil inestimable.

Chapitre 11

L'Obstacle Dicte la Leçon

Le soleil filtrait à travers les arbres, réchauffant la petite clairière d'une lumière douce qui faisait luire la rosée sur les feuilles mortes. Le crépitement du brasier était régulier, apaisant. Une odeur de viande grillée et d'infusion d'herbes flottait dans toujours dans l'air. Fléo, assis sur une souche, mâchait lentement un morceau de Queuefrange, savourant une chaleur et une satiété qu'il avait presque oubliées.

Ravetan était accroupi près du feu, ajoutant une dernière racine à l'eau frémissante de leur pot en fer. Il avait l'air... différent. Les ombres qui hantaient habituellement son visage semblaient s'être retirées, laissant place à des traits paisibles.

Le silence entre eux n'était plus un gouffre. C'était une pause confortable. "Je… je ne t'ai pas remercié," lança Fléo, sa voix un peu maladroite. "Pour le bâton. Pour tout."

Ravetan ne leva pas les yeux de son travail. Un petit sourire en coin se dessina sur ses lèvres. "C'est normal. Aux dernières nouvelles, je suis ton père. C'est mon boulot."

Il versa la décoction fumante dans deux écuelles en bois. "Maintenant, mange. Aujourd'hui, je t'apprends à te déplacer. Tu vas en avoir besoin."

Fléo avala sa dernière bouchée et but une longue gorgée du breuvage chaud et amer. Il sentit la force réveiller dans ses membres endoloris. Il regarda son père, la question qui lui brûlait les lèvres finit par franchir la barrière de sa timidité. "Crois-tu qu'un jour… on va retrouver maman et Shina?"

Ravetan s'arrêta, le récipient posé sur ses lèvres. "Un jour… oui, sûrement un jour…" Il soupira, prit une gorgée, le poids de l'incertitude semblant s'appuyer sur ses épaules un court instant. "Mais ne te méprends pas, Fléo. Le trajet sera long. Avec Volcan parti pour toujours, le plus grand danger n'est pas derrière nous, mais sur le chemin devant. Nous sommes séparés d'elles par un continent et deux océans. Nous n'avons pas de monture. Et à peine assez de Draglions pour payer une seule traversée."

Il but enfin une gorgée. "Rendu à l'auberge, on devrait pouvoir travailler, pour la propriétaire ou autre, afin de gagner de quoi envoyer au moins un message, puis éventuellement les ressources pour le voyage. Entre-temps, nous allons pouvoir compléter ta formation. Chaque chose que je t'apprends, chaque pas que tu fais, nous rapproche d'elles. C'est pour ça que tu dois devenir fort. Pour toi, et pour elles. Compris?"

Ils finirent de déjeuner, chacun perdu dans leurs pensées. C'est là que Ravetan lança. "Bon, ce n'est pas que je m'ennuie, mais on doit commencer…" lâcha-t-il, les yeux déjà rivés sur le cours d'eau. "Prends ton Catalyseur."

Fléotan se leva excité. Ses doigts saisirent le sceptre, il avait l'impression d'avoir attendu toute sa vie pour cet instant. Le fémur vibra contre sa paume, résonnant faiblement. Il suivit son père vers la berge, où la rivière écumait avec un grondement.

"L'obstacle dicte la leçon," déclara Ravetan d'une voix neutre. D'un geste qui semblait purement instinctif, il fit apparaître ses griffes d'os. Une pulsation d'énergie rouge sang déforma l'air à ses pieds, et en une seconde, un portail de brume carmin s'ouvrit. Il le traversa sans un regard en arrière, sa silhouette se rematérialisant par le passage sur la rive opposée avec une fluidité déconcertante.

De l'autre côté, il se tourna vers Fléo. "La leçon d'hier, c'était de se déplacer sans être vu. Celle d'aujourd'hui, c'est de se déplacer là où personne ne peut suivre. À toi. Trouve ton énergie, canalise-la dans le bâton, et ouvre ton chemin."

Sur ces mots, Ravetan se dirigea vers un vieux chêne, s'adossa nonchalamment à son tronc et ferma les yeux, se retirant dans l'ombre.

Fléo se retrouva seul et demanda : "C'est tout?" Mais la réponse ne vint jamais. "Et comment je suis censé faire ça?" Là encore, l'écho de ses propres mots dans la brise fut l'unique explication qu'il entendit. Il passa tout l'avant-midi à essayer. Des heures durant, sous le soleil qui grimpait. Il sentait cette puissance froide en lui, mais elle refusait de lui obéir, glissant entre les mailles de sa volonté. Le bâton restait inerte. Pas une étincelle, pas un murmure. Juste le silence et le poids écrasant de son échec.

Épuisé, frustré, il tenta une dernière fois, rassemblant toute son énergie. Cette fois, quelque chose se produisit. Un minuscule nuage gris, pas plus grand que son poing, s'échappa de l'extrémité de l'artéfact et se dissipa aussi rapidement qu'il était apparu.

Une voix lasse et amusée s'éleva depuis l'autre rive. "Je fais un plus gros nuage juste en pétant... Réveille-moi quand tu y arriveras."

La moquerie frappa Fléo comme une gifle. Une rage pure et froide le submergea. Frustré, il continua, encore et encore, alimentant ses efforts de sa propre colère. Lentement, quelque chose changea. Le gris de son énergie, à chaque nouvelle tentative, se transforma en un blanc grisâtre... puis en un blanc teinté d'un bleu vert. Il sentait qu'il y était presque. Poussé par une excitation nouvelle, il rassembla toute sa volonté et la projeta dans le bâton.

L'air devant lui se déchira enfin! Une faille scintillante, bordée d'une lumière blanc-turquoise, pulsa comme un cœur. "Eurêka!" hurla-t-il, son euphorie réveillant Ravetan qui ouvrit un œil.

Son père observa le portail un instant, un rare éclair d'intérêt dans son regard las. "Il était temps. Alors c'est ça, ton essence... Une teinte turquoise. Peu commun. Intéressant." Il marqua une pause, son ton redevenant celui du maître. "Maintenant, il te reste à passer au travers."

Sans hésiter, Fléo fit un pas en avant et plongea dans la lumière. Il ne ressortit pas aux pieds de Ravetan. Il se matérialisa à l'instant dans les airs, juste au-dessus du courant glacé de la rivière. La surprise sur son visage fut immédiatement remplacée par un cri alors qu'il tombait lourdement dans l'eau.

Le choc thermique lui coupa le souffle. Le rire rauque et sec de son père résonna depuis la rive. "J'avoue qu'un bain va te faire le plus grand bien, mais t'es pas encore rendu là!"

Fléo jura entre ses dents qui claquaient, se débattant pour rejoindre la berge, trempé jusqu'aux os et fou de rage. Une fois sorti, grelottant, il fixa son père qui l'observait avec un amusement cruel. Le résultat fut le même à chaque tentative. Une ouverture de portail, une chute dans l'eau glaciale.

Après le cinquième essai, alors qu'il gisait sur la rive, vidé et frigorifié, la voix de Ravetan se fit entendre. "Dis-moi... As-tu seulement pensé à te concentrer sur ta destination? Juste ici, à côté de moi?"

Fléo se redressa sur un coude, le regard incrédule. "Non! C'est la première fois que tu me l'apprends!"

"Oups. Mes excuses," répondit Ravetan avec un haussement d'épaules qui se voulait désinvolte. "Faut que tu te concentres sur l'endroit où tu veux ressortir."

Fléo se releva une nouvelle fois, l'eau dégoulinant de ses vêtements, tremblant de froid dont sa seule source de chaleur fut sa fureur contenue. Il se mit à murmurer pour lui-même, sa voix, un souffle haché. "*Oups, mes excuses...* Tu parles d'une excuse! C'était ça le grand secret? Le truc à savoir depuis le début? Bien sûr, pourquoi le mentionner avant que je ne me transforme en bloc de glace? "Concentre-toi sur la destination"... Quelle destination? Le fond du ravin? Parce que pour l'instant, c'est la seule que j'atteins avec succès! Par la Mort elle-même, je sens même plus mes pieds! C'est sa méthode d'enseignement, c'est ça? M'endurcir en me faisant frôler la noyade à cinq reprise? Il va voir... La prochaine fois, je vais visualiser ma sortie tellement près de lui que mes fringues trempées vont lui geler les os à son tour. On verra s'il trouve ça toujours aussi drôle, le vieux sadique..."

Sa colère était une fournaise contre le froid mordant de la rivière. Fléo prit une profonde inspiration, l'air glacial emplissait ses poumons, et ferma les yeux. Il ne chercha plus seulement à puiser dans son énergie, mais à la dompter avec l'image qui brûlait dans son esprit : le sol sec, juste à côté de la botte usée de son père. Il visualisa chaque caillou, chaque brin d'herbe. Ce n'était plus une vague tentative, c'était une cible.

Il projeta sa volonté à travers le sceptre.

Le portail s'ouvrit à nouveau, sa lumière turquoise plus stable, plus intense. Sans une once d'hésitation, il s'y jeta.

L'arrivée fut brutale. Il ne tomba pas dans l'eau, mais trébucha hors du portail, s'effondrant sur les mains et les genoux sur la terre ferme, à moins d'un pas de Ravetan. Il haletait, vidé, l'effort magique et le froid l'ayant poussé à ses limites. Le flot de ses vêtements se mit aussitôt à former une flaque sous lui. Mais il était de l'autre côté. Il avait réussi.

Il releva la tête, un sourire de défi aux lèvres, prêt à lancer une remarque cinglante à son père.

Ravetan ne riait pas. Il le regardait, l'air impassible, puis jeta un œil à l'ouverture qui se refermait en grésillant. Il y eut un long silence, seulement troublé par le bruit de l'eau et les claquements de dents de Fléo.

"Ce n'est pas le portail qui était instable. C'est toi," déclara finalement Ravetan, sa voix neutre. "Tu laisses ta colère et ta frustration dicter ton pouvoir. Il en devient erratique. Tu as de la chance de ne pas être ressorti à l'intérieur d'un rocher."

Il se détourna sans un autre mot. "Fais un feu. Sèche-toi avant de mourir de stupidité. On a encore de la route."

Le compliment était si subtilement caché sous les couches de critique et de dédain qu'il était presque invisible. Mais Fléo l'entendit. Il n'avait pas dit "si tu meurs", il avait dit "sèche-toi". Pour la première fois, l'échec n'était plus une option.

Alors qu'il rassemblait du bois mort, les membres encore tremblants, une nouvelle chaleur, qui n'avait rien à voir avec le feu, commença à se répandre dans sa poitrine. Il passa le restant de la journée à se reposer et à rire autour du feu. Un ricanement qui semblait rouillé par le manque d'usage s'échappa de la gorge de Ravetan alors qu'il contait des anecdotes de son propre apprentissage. "Mon maître disait que la meilleure façon d'apprendre à ralentir une chute était de se faire pousser d'une falaise," raconta-t-il avec un humour macabre. "Il avait raison. Mais il a omis de préciser que le sol, lui, n'offre jamais de seconde chance."

Le lendemain, revigorés par ce bref instant de paix, ils reprirent la route pour les deux jours de marche qui les séparaient de leur objectif.

Chapitre 12

La Taverne du Dernier Verre

Au matin du deuxième jour, l'air changea. Il devint lourd, chargé du sel et de l'odeur âcre des algues en décomposition. Le grondement lointain et rythmé des vagues remplaça le silence de la forêt. Ils gravirent une dernière colline dégarnie et le virent enfin blotti dans une anse rocheuse qui le protégeait à peine de la fureur de l'océan.

Le village de pêcheurs semblait figé dans le temps. Des maisonnettes au bois blanchi par le calcium et aux toits de lauze s'accrochaient à la pente, reliées par des sentiers escarpés. Sur une plage de galets gris, des barques aux coques usées et à la peinture écaillée étaient tirées au sec, près de filets de pêche étendus comme de vastes toiles d'araignée. Le cri plaintif des goélands se mêlait au fracas des vagues contre les brise-lames.

Pour Fléo, épuisé par des semaines de fuite, la scène avait l'attrait d'un paradis. C'était l'image même de la tranquillité, d'une vie simple et laborieuse, loin des complots et des Dragnors. "Ça a l'air… calme," laissa-t-il échapper, un soupir de soulagement dans la voix.

Ravetan, qui ne se laissait jamais distraire par le paysage, mais les détails, eut un rictus sans joie. "Le calme est souvent le masque que porte la peur. Ne te fie pas aux apparences trompeuses, Fléo."

Il connaissait les lieux. "Regarde mieux. Les filets sont secs, mais personne ne les répare. Les barques sont sur la grève alors que la marée est bonne. Et il n'y a pas un seul enfant qui joue sur la plage. Ce n'est pas de la sérénité que tu vois. C'est une attente."

Sans plus tarder, il se mit en marche, entamant la longue descente vers le village. Le sentier escarpé serpentait entre les rochers, et l'odeur de poisson et de sel devint presque suffocante. Il leur fallut près de trois heures pour atteindre les premières ruelles tortueuses, et enfin, une structure qui se distinguait des autres par sa taille et sa laideur.

C'était une bâtisse sombre et immense, bien plus grande que les autres masures du port. À deux étages, qui paraissaient avoir été construits avec les restes de plusieurs naufrages. Ses murs étaient un assemblage inégal de pierres noires suintantes et de grosses poutres de bois gorgées de sel, foncées et tordues. Les fenêtres du rez-de-chaussée étaient petites, crasseuses et opaques, ne laissant filtrer peu de lumière. L'endroit tout entier sur le point de tomber, un animal méfiant accroupi face à la mer.

Fléotan leva les yeux vers l'enseigne qui grinçait au-dessus de la porte. Une planche délavée, fissurée par les embruns, se balançait au bout d'une chaîne rongée par la rouille. Il déchiffra les caractères à moitié effacés : "La Taverne du Dernier erre".

Un rictus effleura les lèvres de Ravetan. "Il manque une lettre. Ça fait des années qu'elle a disparu." Il corrigea, sa voix plate. "C'est la Taverne du Dernier Verre."

Il posa une main sur la lourde porte en bois, mais s'arrêta avant de s'y engager, se tournant partiellement vers Fléo. Son regard était dur comme du silex. "Ici, ça ne rigole pas. Alors, reste toujours sur tes gardes."

Sans attendre de réponse, il poussa la porte.

Le son fut la première chose à les frapper. Une mélodie discordante, jouée sur un luth fatigué, s'étrangla dans un dernier accord et mourut au moment où ils franchirent le seuil.

Le silence qui s'abattit fut immédiat, plus lourd que le vent qu'ils laissaient derrière eux. Une chaleur surprenante les enveloppa, mêlée au crépitement du grand feu qui flambait dans l'âtre et à une odeur de bière renversée et de sciure.

À l'intérieur, tout respirait l'ordre. Le bois sombre du comptoir luisait comme s'il venait d'être ciré. Les poutres massives du plafond supportaient des lanternes de laiton parfaitement polies, suspendues avec symétrie. Les tables, larges et solides, avaient été frottées à blanc, et même le sol, dallé de pierres noires, semblait avoir été lavé récemment. C'était un lieu entretenu avec soin, comme un sanctuaire au milieu d'un village rongé par les embruns.

Mais le silence qui les accueillit disait autre chose.

Les regards se levèrent, innombrables. Des hommes aux visages creusés, des femmes au cou barré de cicatrices, des silhouettes drapées de capuchons qui laissaient briller l'éclat terne de l'acier. On devinait des fourreaux, des lames mal essuyées, des poignards tachés qu'aucun n'avait pris la peine de cacher. Ici, tout respirait le sang versé et le marché noir.

Un dragon de nuit, mutilé d'une aile, restait posté près de l'âtre, un jeu de runes abandonné devant lui. Ses yeux fendus s'étaient levés, fixés sur Ravetan comme une flèche sur sa cible. Dans une alcôve, un Drumain polissait sa une arme, son griffon immobile à ses côtés, yeux mi-clos mais alertes.

Assise seule à une table, une femme au visage marqué par d'anciennes cicatrices accordait un luth désaccordé, fredonnant pour elle-même. Elle portait une robe de soie usée qui avait dû être luxueuse jadis. Quand son regard croisa celui de Fléo, elle lui fit un clin d'œil, mais son sourire était vide, l'ombre d'une joie morte depuis longtemps. Elle n'était pas une victime ici; elle était un fantôme, et les fantômes sont à craindre.

À l'ombre d'une poutre, un ours des cavernes énorme dormait roulé contre le mur. Même endormi, son odeur âcre et sa masse faisaient frissonner ceux qui l'approchaient.

Sur les genoux d'un mercenaire balafré, une femme d'une beauté fatale riait d'une blague qu'elle n'avait pas entendue. Sa robe de velours rouge contrastait avec la noirceur de la salle. Mais alors qu'elle plaisantait, sa main, hors de vue de son "client", glissa discrètement vers la bourse de l'homme à côté d'elle. Son sourire était une distraction, son corps, un appât, et ses doigts, agiles et silencieux, étaient aussi dangereux que n'importe quelle lame dans cette pièce.

Près de l'escalier qui menait aux chambres, un groupe de femmes se tenait debout, pas recluses mais exposées. Elles ne portaient pas de soie, mais du cuir usé, barré de cicatrices qui racontaient leurs propres batailles. L'une d'elles interpella un client d'une voix rauque, négociant son prix avec la même dureté qu'un mercenaire vendant son épée. Il n'y avait pas de séduction ici, juste une transaction, un service offert dans un monde où tout, même le corps, avait un prix et une date d'expiration.

Autour, l'air vibrait de non-dits. Des bandits, des parias, des renégats : tout ce qui ne trouvait pas sa place ailleurs avait trouvé refuge ici, blotti sous un même toit comme une meute d'animaux féroces.

Le contraste était violent : un lieu irréprochable, tenu comme un temple... habité par une faune de criminels, de bannis et de prédateurs.

Puis, aussi soudainement qu'il s'était arrêté, le murmure des conversations reprit, mais à voix plus basse, méfiante, comme un courant sous la surface.

Ravetan fendit la salle sans hésitation, Fléo serré derrière lui, écrasé par le poids de chaque regard. Le comptoir noirci se dressait devant eux. Le tavernier, balafré, un œil crevé, posa deux chopes avec une précision mécanique après avoir encaissé une pièce de Draglions.

"De la bière," dit Ravetan d'un timbre neutre. Puis, baissant légèrement le ton : "Je cherche Thalyss."

Le borgne eut un rictus sans chaleur, mais avant qu'il ne parle, une voix puissante éclata du haut de l'escalier plongé dans l'obscurité de la poutre : "Les Doigts de la Mort… qui osent enfin revenir dans mon antre après tant d'années!"

Le nom claqua dans l'air. Et cette fois, le murmure enfla, pas seulement curieux, mais venimeux. Le dragon noir redressa le museau, le griffon ouvrit son bec, et les ombres encapuchonnées se tournèrent.

Fléo sentit la salle entière basculer contre eux. Sa gorge se serra. "Les Doigts de la Mort?" souffla-t-il.

Un soupir effleura les lèvres de Ravetan, son attention rivée à l'escalier. "Un surnom qu'on m'avait donné. J'avais presque oublié."

Fléo secoua la tête, les yeux happés par la haine et la crainte dans les regards. "Le monde, lui, ne l'a pas oublié."

Le bruit d'un pas léger et délibéré se fit entendre dans l'ombre de l'étage. Une silhouette apparut, et le silence dans la salle devint absolu.

C'était une femme d'une grâce saisissante qui descendait les marches. Elle était grande, sa physique svelte et musclée se devinant sous une robe sombre et bien coupée, qui contrastait violemment avec la brutalité de sa clientèle. Ses longs cheveux noirs étaient impeccablement coiffés, et son visage était d'une beauté froide et calculatrice. Dans ses mouvements, Fléo reconnut une agilité surnaturelle, une fluidité qui n'était pas tout à fait humaine.

Juste derrière elle, se déplaçant sur deux pattes avec une aisance silencieuse, son symbiote. Une capuzarde à la fourrure d'un noir de jais, lisse et brillante, ne laissant deviner que par éclats les écailles d'un vert profond qui se cachaient en dessous. Ses traits étaient plus fins, plus acérés que ceux que Fléo aurait pu imaginer. Ses yeux ambrés balayaient la salle avec une autorité glaciale.

Thalyss arriva au bas de l'escalier et s'arrêta. Son symbiote se posta à ses côtés, se redressant de toute sa hauteur. Sous ce double regard, les têtes se baissèrent et la tension se mua en un respect aussi déstabilisant que la vu de l'intérieur de l'édifice en ruine.

Thalyss ignora tout le monde, son attention entièrement focalisée sur Ravetan. Elle s'approcha, son expression, un mélange parfait d'amusement et d'une vieille familiarité.

"Tu as l'air pire que dans mes souvenirs, Ravetan. Et mes souvenirs de toi n'étaient déjà pas glorieux." Son regard glissa sur lui avec une ironie sensuelle, comme si chaque mot était une caresse acide. Puis ses yeux se posèrent sur Fléo, le jaugeant de la tête aux pieds avec une curiosité prédatrice. "Je vois que tu t'es déniché un nouveau jouet… ou est-ce lui qui t'a ramassé parmi les décombres?"

La voix de Ravetan était lasse, mais une infime chaleur vibrait derrière la fermeté. "Non… lui, c'est mon garçon."

Un léger sourire étira les lèvres rouges de Thalyss. Elle lança à Ravetan un regard complice, presque moqueur, avant de revenir à Fléo. "Délicieux…" murmura-t-elle, moins pour l'un que pour l'autre, comme si elle savourait le plaisir de les piquer tous deux à la fois.

Pendant ce temps, son âme sœur se mit en mouvement. D'un bond souple et silencieux, la créature noire grimpa sur l'un des bancs qui longeaient le comptoir, pour venir s'installer tout contre Fléo. Un frisson lui parcourut l'échine : la présence nerveuse et vibrante de l'être semblait refléter, comme une ombre, celle de Thalyss. La capuzarde se pencha vers lui, ses yeux ambrés capturant les siens avec la même intensité qu'un piège qui se referme. Sa langue sombre frôla lentement ses lèvres, écho charnel au sourire rouge de sa maîtresse. "Skarn," siffla-t-elle dans un murmure intime, sa voix caressant l'air telle une fleur diffuse son parfum. "Enchantée de faire ta connaissance."

Thalyss leva la main pour effleurer distraitement la mâchoire fatiguée de Ravetan, son geste glissant avec une lenteur préméditée. Elle pencha la tête sur le côté, son regard perçant le sien. "Tu n'es pas en compagnie de Volcan?"

Ses doigts quittèrent sa joue pour descendre le long de son cou, puis se poser à plat sur son thorax, juste au-dessus du cœur, comme si elle cherchait à capter sa réponse dans le battement de sa chair avant même qu'il ne la prononce.

Le nom, combiné au contact, frappa Ravetan comme un coup de poing. La façade qu'il s'efforçait de maintenir se fissura, chaque fibre de son corps cédant à la pression invisible de la main de Thalyss. Fléo vit les épaules de son père s'affaisser, un souffle de douleur échappant à ses lèvres. Son regard chuta sur le sceptre qu'il tenait, sur tout ce qui restait de son frère d'âme. Quand sa voix sortit, ce n'était qu'un murmure brisé : "Volcan est mort."

Les trois mots tombèrent dans la taverne comme la foudre sur un champ de bataille. Le sourire de Thalyss s'effaça, remplacé par une lueur de froide compréhension. Elle laissa sa main sur son torse un instant de plus, comme si chaque battement de cœur lui confirmait la vérité de ses paroles... puis la retira lentement, rompant le contact. "Je vois."

Elle avait obtenu ce qu'elle voulait. Elle avait sondé la blessure et trouvé le fond. Elle se détourna, reprenant une posture de contrôle absolu. "Vous avez l'air d'avoir fait une longue route. La chambre de l'est est libre. Montez. On parlera affaires quand vous cesserez de ressembler à des cadavres fraîchement déterrés." Puis elle haussa le ton : "Mais où est la musique? On se croirait à des obsèques!"

Chapitre 13

Rien pour Rien

La chambre n'avait rien d'une paillasse humide de taverne. Elle était vaste, soigneusement entretenue, presque luxueuse pour un repaire de bandits. Un tapis épais couvrait le sol de pierre, étouffant leurs pas. Deux lits aux draps propres, garnis de fourrures, les attendaient. Une large table sculptée occupait le centre de la pièce, avec un chandelier de bronze dont les flammes multiples projetaient une clarté chaude sur les murs. Aux coins, des coffres et une armoire en bois sombre complétaient l'impression d'ordre et de richesse.

Le verrou claqua derrière eux, lourd, tranchant, isolant leur espace du reste de la taverne. Fléo s'assit au bord de son lit, le sceptre posé à portée de main. L'appartement respirait le calme, mais son esprit demeurait assiégé par le tumulte.

Ravetan, debout et immobile devant la haute fenêtre, contemplait l'ombre d'une falaise noire qui se dessinait au-dehors. "Reste ici. Ne sors sous aucun prétexte," dit-il sans se retourner, puis il quitta la chambre, laissant Fléo seul avec ses pensées.

Le temps perdit toute consistance, une heure, peut-être deux, avant que Ravetan ne revienne. Son allure avait changé : moins hantée, mais marquée par la fatigue de la route. Il se laissa tomber sur le second lit, le cuir de ses bottes grinçant contre le tapis.

J'ai parlé avec Thalyss," dit-il, la voix rauque. "L'accord est conclu." Il fit une pause, le regard perdu dans le vide, puis murmura comme pour lui-même "Elle ne donne jamais rien sans rien prendre."

Son attention se planta sur son garçon. "Elle nous offre le refuge. Personne ne posera de questions. En échange, je prends en charge sa sécurité. Pas seulement la sienne : celle du village tout entier. Les Dragnors ne sont pas les seuls dangers. Cet endroit attire les voleurs, les assassins de bas étage, et tous ceux qui pensent qu'une femme seule est une proie facile. Dorénavant, je deviens leur garde.

Fléo serra les poings. "Une garde? On venait ici pour se cacher, pas pour rallumer les armes."

"On est venus pour survivre," trancha Ravetan. Une lueur, presque d'avidité, passa dans ses yeux fatigués. "Et elle nous en donne les moyens. Elle nous ouvre les portes de son laboratoire."

Il se pencha légèrement, sa voix s'assombrissant. "Ne te fie pas aux apparences. Thalyss est une botaniste de l'ombre. Une biologiste qui cultive ce que d'autres n'osent même pas nommer. Dans l'arrière-boutique, elle entretient une serre… un labo où croissent certaines des plantes les plus rares et les plus dangereuses du continent. Même des spécimens que je croyais disparus."

Ravetan posa ses coudes sur ses genoux, les yeux brillants dans la lumière des flammes. "Elle nous offre un sanctuaire… et un arsenal. Ici, il n'y aura pas de repos. Ce sera de la préparation. L'entraînement commence dès demain."

"Tu vas m'apprendre quoi?" demanda Fléo.

Ravetan se leva, fit quelques pas dans la chambre trop grande, son ombre déformée par les chandelles courant sur les murs. "Nous ne savons pas combien de temps il nous reste. Il faut débuter par le plus crucial, mais aussi le plus périlleux. Demain, je t'enseignerai les bases de la création d'une Pierre de Sang."

Fléo se raidit. Même parmi les nécromanciens, ce n'était qu'une légende.

"Ce n'est pas un art qu'on maîtrise en un jour," prévint Ravetan. "Rarement en un an. C'est une œuvre longue, et meurtrière. Beaucoup décèdent avant de la terminer."

Ses yeux ne quittaient pas son fils. "Ils meurent parce qu'ils sous-estiment l'énergie qu'elle exige. Une Pierre de Sang est une ancre dimensionnelle. Une batterie vivante. Pour qu'elle fonctionne, tu dois lui céder une part de ton essence vitale. C'est une magie instable, imprévisible. Mais si tu réussis, elle peut ce qu'aucun sort ne permet : ouvrir une brèche entre deux points fixes, à condition d'avoir sa jumelle à destination."

Un silence pesa, plus lourd que la pierre. Puis Ravetan ajouta : "Voilà le prix de la survie. Le pouvoir de fuir, ou d'attaquer, là où personne ne nous attendra. C'est avec ça qu'on commence. Parce que la prochaine fois qu'on sera acculés, je veux que nous ayons forgé notre propre porte de sortie."

Fléotan releva les yeux vers son père, la gorge serrée. "Et… pour retrouver Mère et Shina?"

Ravetan ne répondit pas tout de suite. Il resta silencieux un instant, comme s'il pesait chaque mot, puis hocha lentement la tête. "Je me suis justement penché sur la question ces deux derniers jours. Et j'en suis venu à une conclusion : la meilleure option… c'est d'attendre la première pierre."

Il se redressa légèrement, le regard dur, mais pas dépourvu de chaleur. "Une fois qu'elle sera achevée, nous pourrons l'envoyer par messager. Le temps qu'elle leur parvienne, nous aurons pratiquement fini de forger sa jumelle ici. En un claquement de doigts, nous pourrons les rejoindre. Mais il faudra en créer au moins trois. Par sécurité. Si l'une se perd, si l'une est brisée, nous ne devons pas être condamnés à attendre."

Le sang de Fléotan se glaça. "Trois?"

Ravetan acquiesça, implacable. "Chaque pierre demande environ six mois à fabriquer. C'est un travail patient, méthodique, sans raccourci possible. Mais le temps, nous l'avons. Le trajet jusqu'au Firmament, même sur le dos d'un dragon, dure au moins cent soixante jours. À raison de huit heures de vol par jour, et si tout se déroule sans accroc."

Il croisa les bras, son ombre projetée par la chandelle paraissant plus vaste encore.

"La seconde va prendre un autres six mois à forger. Pendant ce temps, la première aura déjà voyagé cent soixante jours pour atteindre sa destination… trois semaines avant que sa jumelle ne soit prête. Une fois les deux terminées, il ne restera qu'à les activer pour ouvrir le portail."

Ses yeux s'assombrirent. "C'est long. Trop long. Mais c'est la seule façon de s'assurer que nous les retrouverons vivantes."

Chapitre 14

La Forge de l'Âme

Les semaines se muèrent en mois. Leur sanctuaire se trouvait derrière une porte dérobée au fond de la cuisine : le laboratoire de Thalyss. Un immense caveau bâti dans les fondations de la taverne, dont l'air humide portait l'odeur minérale de la roche et des herbes en fermentation. Au plafond, une mosaïque de champignons phosphorescents dessinait comme un ciel souterrain, leur pâle clarté spectrale se mêlant aux reflets des fioles et aux lueurs inquiétantes des runes tracées par Ravetan.

La création d'une Pierre de Sang était un art de patience. Fléo ne devait pas enchanter un caillou : il devait la former. Des heures interminables à genoux, les doigts crispés, il condensait son essence turquoise en une pellicule d'énergie fragile, qu'il appliquait grain par grain sur le noyau brut. Son souffle se brisait parfois, tant la tension lui dévorait sa cage thoracique. Pendant ce temps, Ravetan préparait les agents liants : une pâte d'un rouge profond, épais et optueux, tel de la résine sanguine, composée de poudres d'os, de sèves rares et d'un filet de son propre sang. Ses incantations, basses et dures, vibraient dans les murs comme une menace silencieuse.

Leur labeur n'était jamais continu. La forge mystique se heurtait sans cesse à la réalité. Plusieurs fois par semaine, un des gardes recrutés par Ravetan frappait à la lourde porte ferrée.

"Chef, une bande rôde près de la crique!" Ou encore : "Chef! Des silhouettes suspectes autour du quai!" Sans compter les bonnes vieilles disputes entre clients qui ont un peu trop levé le coude.

Chaque fois, Ravetan s'arrêtait, les épaules raides de commandant, les bottes claquant sur les dalles. Il sortait sans un mot, et la routine de Fléo se brisait, ne laissant place qu'à un instant de silence tendu. De la salle basse parvenaient ensuite les échos étouffés d'une lutte : l'acier qu'on dégaine, un cri étranglé… puis plus rien. Quand Ravetan revenait, ses gants tachetés, il s'essuyait lentement les mains avec un linge noirci. Alors seulement, il reprenait son poste, ses yeux impassibles fixés sur la l'artéfact inachevé.

Les lunes se succédaient ainsi, couche après couche, comme les strates de la pierre qu'ils façonnaient. Poussé par l'urgence, Fléo se consumait. Sa peau avait perdu toute couleur, ses yeux brûlaient d'insomnie.

Au cinquième mois, alors que son essence se fissurait, Fléo commença à rêver. Mais ce n'étaient pas des songes réparateurs : des cauchemars le happaient dès qu'il fermait les paupières.

Il voyait la gemme, immense, rougeoyante, battre comme un cœur monstrueux. À chaque pulsation, elle aspirait des lambeaux de lui-même, sa chair, sa vie, ses souvenirs, jusqu'à ne laisser qu'une coquille creuse, encore debout, mais vide.

Parfois, il rêvait de ses mains, qui se délitaient en poussière turquoise, ses doigts tombant un à un comme des branches mortes.

D'autres nuits, il apercevait son père, figé dans le noir, le visage impassible, tandis que la pierre, nichée entre eux, murmurait d'une voix sifflante qu'il n'arrivait pas à comprendre.

Il se réveillait trempé de sueur, la bouche sèche, l'impression d'avoir crié sans bruit.

Ravetan le remarqua. Ses gestes devenaient plus hésitants, son souffle plus court, ses mains plus tremblantes. Mais c'était dans ses yeux que le danger était le plus clair : l'éclat de l'âme vacillait. Le vide grignotait la lumière.

Alors Ravetan mit brutalement fin au processus. "Ça suffit." Sa voix claqua comme un fouet tendu. "Quand les cauchemars te rongent, c'est que la faille s'est ouverte. Si tu continues, tu ne forgeras pas la pierre… tu te briseras toi-même."

Il imposa un repos. Une semaine entière. Fléo dormit comme un mort, ses angoisses s'atténuant peu à peu jusqu'à ne laisser qu'un brouillard confus.

Et comme pour sceller son autorité, un Dragnor surgit à l'embrasure de la porte. "Chef, la livraison du port est attendue pour demain. Les hommes s'interrogent : faut-il renforcer la sentinelle du port ou du grenier?"

Ravetan se retourna, son regard furieux devant l'évidence. "Doublez la garnison sur les quais et le long des entrées. Si l'on perd l'accès à la mer, tout le reste devient inutile."

Le garde s'inclina et disparut. Ravetan, seulement alors, reporta ses yeux sur Fléo, plus doux cette fois.

Après la semaine, ils reprirent le travail, mais à un rythme plus mesuré. Un mois plus tard, la pierre était enfin achevée : un objet d'un rouge sombre qui tenait dans la paume de la main. Elle pulsait d'une lueur intérieure, semblable à du plasma vivant, comme si elle avait un cœur.

Thalyss organisa elle-même le départ du messager : un Drumain discret au manteau sombre, chevauchant un griffon rapide dont les ailes faisaient trembler les toits. Il prit son envol vers l'est, emportant avec lui le précieux artéfact.

Ravetan le força à attendre. Une nouvelle fois. "Pas un mot, Fléo. Tu ne touches pas à ton essence avant que ton corps et ton esprit soient retissés. On ne joue pas deux fois à frôler l'abîme."

Les jours passèrent dans un calme trompeur. Fléo errait dans le caveau, à l'occasion assis près des champignons luisants, tantôt penché sur un grimoire ouvert sans le lire. Ravetan, lui, ne restait jamais en place. Il distribuait les ordres, s'assurait de la loyauté de ses hommes, négociait avec Thalyss, et répondait aux moindres troubles qui éclataient autour de la crique.

Puis vint le temps de la seconde pierre.

Cette fois, leur travail ne connut pas une seule journée d'unité. À peine avaient-ils repris la condensation que la porte s'ouvrait avec fracas. "Chef! Deux types ont essayé de franchir le port la nuit dernière!"

Ravetan grogna. "Fléo, continue."

Il sortit. Le bruit mat d'un corps heurtant le sol fut suivi d'un cri étranglé, puis d'un long silence, uniquement rompu par les échos d'un interrogatoire brutal qui persista une bonne heure. Quand il revint, ses yeux luisaient d'un fantôme du passé. "Plus personne ne s'approchera du quai."

Mais le répit ne dura jamais.

Un autre soir, un vacarme éclata dans la salle principale : verres brisés, hurlements, tables renversées. Ravetan ne leva même pas la tête. "Tu restes concentré. Si tu perds le fil, tu recommences depuis le début à cette étape."

Il monta. Fléo entendit sa voix, suivie d'un déferlement de violence : râles étouffés, chocs sourds… puis le silence. Deux vigiles sortirent, traînant par les chevilles des silhouettes inertes hors de la taverne. Ravetan redescendit, s'essuyant calmement les mains. "Des imbéciles. Continue."

La pierre se formait lentement, retardée par une succession d'interruptions : une embuscade de mercenaires dans les collines, que Ravetan fit égorger avant l'aube; une tentative d'incendie du grenier, contrôlé par Thalyss; une querelle entre deux de leurs gardes, réglée d'un seul coup de dague dans la gorge du plus insolent.

Fléo, chaque fois, résumait sa tâche, le souffle court, la sueur froide coulant dans son dos.

Un soir, à bout, il murmura : "Père… si je m'effondre encore… si la faille revient…"

Ravetan s'approcha, sa voix tranchante, sans pitié : "Ça suffit. Tu t'arrêtes. Maintenant. Je ne te laisserai pas crever la gueule ouverte pour un portail. Tu prends une pause, Fléo. Respire. Reprends-toi. Et seulement après… on recommencera. Compris?"

Le second artéfact était sur le point d'être terminé. Fléo, épuisé, tentait de maîtriser ses mains tremblantes : il en était aux dernières couches d'énergie rougeoyante. Chaque souffle lui brûlait la poitrine, chaque pulsation de la pierre semblait aspirer un peu plus de sa force vitale. Ravetan restait à ses côtés, vigilant, prêt à l'assommer s'il sentait qu'il devait imposer un arrêt.

Pendant ce temps, dans le coin le plus sombre de la salle principale, un homme qui n'avait jamais causé de problèmes observait. Il avait suivi le départ du messager des yeux, et se souvenait d'une affiche, vue des mois plus tôt, promettant une fortune pour leurs deux têtes. La peur l'avait retenu jusqu'à présent. Mais la cupidité est un poison lent. Ce soir-là, il vida sa chope, laissa quelques pièces sur la table et se glissa dehors, dans la nuit. Il ne se dirigea pas vers la mer, mais reprit la route vers l'est, là d'où venaient les soldats.

Chapitre 15

Le Son du Bronze

La seconde pierre était presque achevée. Dans la lueur spectrale du laboratoire, Fléo, le visage perlant de sueur, maintenait la dernière et plus fragile pellicule d'énergie turquoise. Ravetan s'approcha, la spatule chargée de la pâte sanguine finale, prête à sceller sept mois de labeur acharné.

À cet instant précis, un son grave ébranla la structure, une vibration profonde qui fit trembler les fioles sur les étagères. La grande cloche de bronze de la taverne venait de retentir, celle qu'on ne sonnait qu'en cas de péril mortel.

Déconcentré, Fléo sursauta. La membrane rougeoyante qu'il maintenait avec tant d'effort se fissura comme de la soie mouillée, se dissipant dans un souffle silencieux. Sept mois de travail, anéantis en un battement de cœur. Il devait recommencer cette dernière couche.

"Laisse ça," ordonna Ravetan, son attention déjà dirigée vers la porte. "On n'a plus le temps."

Ils prirent le corridor pour trouver la salle principale, en pleine effervescence. Les clients les plus couards s'étaient déjà barricadés. Les autres, une centaine d'hommes et de femmes aux visages durs, les gardes que Ravetan avait formés, arrivaient de toute part, armes à la main, et se regroupèrent autour de lui, constituant une petite armée de parias.

Thalyss fermait la marche, descendant l'escalier d'un pas rapide, mais sans panique.

"Nous avons un gros problème," dit-elle, sa voix tranchante coupant court aux murmures. "Un détachement de Dragnor armé approche. Ils se déplacent à pied."

Ravetan répliqua sans la moindre hésitation. "Ça ne signifie qu'une chose : ils ne sont pas là pour une simple offensive aveugle. Ils veulent un massacre. Ils tenteront de nous prendre par surprise. Depuis les airs, l'avantage est de surplomber l'ennemi ; au sol, c'est de rester invisibles. Leur attaque initiale sera subtile et sournoise. Ils chercheront à infliger un maximum de dégâts avant d'être vus ou entendus." Il balaya ses troupes du regard. "Si nous sonnons l'alarme extérieure, ils comprendront qu'ils ont été découverts et monteront à l'assaut par les cieux. Nous n'avons aucune chance s'ils prennent de la hauteur. Notre meilleur atout, c'est l'embuscade. Nous devons les attendre de pied ferme à l'extérieur du village et les prendre par surprise quand ils s'y attendent le moins. Thalyss, as-tu une carte ?"

Elle sourit, un rictus féroce aux lèvres. "Tu devrais me connaître."

Elle lui tendit un rouleau de parchemin qu'elle tenait déjà dans son dos.

Ravetan le déroula sur le comptoir, son doigt traçant des lignes sur la topographie de la région. "OK, voici où l'on peut attaquer. On commence par une attaque-surprise, par l'arrière… ici," dit-il en pointant un défilé rocheux. "Ça va créer la panique et les pousser plus profondément dans le village, sans retraite possible. Plus important : les parois sont trop étroites pour qu'ils puissent décoller en masse. On leur coupe les ailes." Son doigt glissa sur la carte. "Pendant qu'ils sont désorganisés, nos dragons les attaquent d'ici. Ils seront pris au piège entre les deux falaises. C'est à ce moment qu'on les anéantit."

"Pourquoi viennent-ils ici?" demanda l'un des gardes, visiblement anxieux.

Thalyss répliqua sèchement, sans même le regarder. "C'est des Dragnors. Faut pas chercher plus loin." Cependant, elle se doutait bien que la présence de Ravetan avait sûrement fini par se rendre jusqu'à leurs oreilles, et que la récompense, trop juteuse, finirait toujours par attirer la trahison.

Le tour de la question était fait. Les groupes sélectionnés n'avaient plus qu'à passer à l'action. Un signe suffit. Ils sortirent de la taverne, pas comme une armée, mais comme une meute affamée. Le crépuscule les avala. En silence, ils gravirent les crêtes, chacun à sa place, chacun prêt à bondir. Le piège s'était déjà refermé.

Le vent glacial de la côte leur fouettait le visage. Accroupi derrière les rochers escarpés, Fléo sentait son cœur cogner dans sa poitrine, ses doigts crispés sur la poignée de sa courte épée. À ses côtés, le Dragonnier au trait brûlé serrait les mâchoires avant de souffler : "T'en fais pas, gamin. Je ne laisserai rien t'arriver... et ton père non plus. Ça ne devrait pas tarder, maintenant."

Puis ils apparurent au loin. Une marée disciplinée d'au moins deux cents ou trois cents guerriers Dragnors et leurs montures, silencieuse, implacable. Fléo avala sa salive. Le rapport de force était cruel : quatre contre un.

La première vague des gardes de Ravetan décocha ses flèches. Les derniers rangs s'écroulèrent sans trop attirer l'attention, seulement quelques cris de douleur et de panique, comme l'avait prédit Ravetan. Une seconde salve suivit, fauchant à nouveau l'arrière de la garnison. Cette fois, l'effet de surprise s'émoussa : les Dragnors se mirent à hurler. "On nous attaque!" Les dragons crachèrent des langues de feu, cherchant à débusquer les assaillants, à éclairer leur présence. Arcs et arbalètes abandonnés, les guerriers surgirent de la forêt en rugissant à gorge déployée. Les clameurs éclatèrent, métalliques et bestiales, résonnant dans le défilé comme une tempête de marteaux. L'acier ouvrait les chairs, des boucliers volaient en éclats, des têtes roulaient sur la pierre avec un bruit sourd. Le sang jaillissait sur les rochers, éclaboussant les visages des combattants comme une pluie écarlate. La surprise les fit reculer, brisant un instant leurs lignes... et les poussant plus encore dans le piège soigneusement tendu.

Haut sur une corniche, un éclaireur fit un signe bref à Ravetan. Le plan fonctionnait : l'ennemi était à découvert, la panique commençait à se répandre parmi eux.

Ravetan se redressa et hurla, un cri primal qui fendit le ciel nocturne. Les Dragonniers de la crête s'abattirent sur l'ennemi tels des démons ailés. Leurs dragons vomissaient des torrents de flammes, carbonisant les Dragnors pris au piège. Les chairs brûlaient et se tordaient sous la chaleur, tandis que d'autres s'effondraient dans la poussière en feu. Les armures des plus jeunes guerriers, faites de métal de piètre qualité, fondaient sur leurs porteurs. À chaque passage, les dragons visaient surtout les montures adverses. Certains avaient tenté de s'élever dans la confusion et s'écrasèrent contre les parois rocheuses coupantes. Les cris des blessés se mêlaient aux hurlements des bêtes : un concert de douleur et d'agonie.

Pris entre les flammes tombant du ciel et l'attaque sur leurs arrières, les Dragnors furent rejetés en avant, le long de la crête, exactement là où Ravetan les attendait. Les cadavres jonchaient le sol : bras arrachés, crânes fendus, sang s'écoulant en ruisseaux rouges sur la pierre. Chaque pas des survivants laissait derrière eux une traînée sanglante.

L'éclaireur fit un nouveau signe. Ravetan planta sa lame dans la terre, la lueur écarlate de l'acier reflétant les corps mutilés. "OK les gars, c'est notre tour!" gronda-t-il. Sa voix couvrit le tumulte. "Tenez la ligne! Pas question de leur permettre de nous diviser! S'ils nous séparent, c'est la mort assurée!"

Fléo sentit son estomac se nouer, l'odeur du fer chaud et de la chair calcinée l'assaillant. Il serra son épée, prêt à se battre jusqu'à la mort. Le combat ne serait pas propre. Il ne pouvait pas l'être. Il attendait le signal de son père qui lui avait ordonné de rester en retrait.

Ravetan surgit sur la crête, son corps maculé de sang et de boue, ses yeux flamboyants d'une rage débordante. Il gueula. "À MORT!" D'un geste brutal, il saisit un cadavre, sa chair à moitié brûlée et ses orbites vides, et le propulsa dans la bataille. Animé d'une énergie noire, le corps s'écrasa sur un Dragnor et l'entraîna au sol dans un craquement sinistre.

C'était le signe, Fléo le suivit, haletant, tandis qu'il scandait une incantation gutturale. Une poignée de dépouilles proches de lui se mirent à trembler et se relevèrent. Ils n'étaient pas agiles, mais leur nombre créa une barrière humaine grotesque, bloquant l'avancée de la première ligne ennemie.

Mais un Dragnor résista. Un mage, plus malin et plus rapide que les autres, surgit de l'avant-garde. Il était resté discrètement à l'abri, préparant sa contre-attaque. Son grimoire ouvert flottait devant lui, irradiant une lumière rouge. D'un mot, il déchaîna une boule de feu qui explosa au milieu des morts-vivants de Fléo, les réduisant en cendres. Un rayon de glace figea un autre revenant avant que Ravetan ne le projette contre un Dragnor pour le fracasser.

Le combat était devenu un duel de volontés. Fléo et Ravetan se concentraient pour relever de nouveaux corps, déjà lourdement épuisés par la durée des affrontements, mais le mage ennemi les anéantissait presque aussi vite. Il avait conservé son essence jusqu'à la dernière minute, resté camouflé au cœur des Dragnors. Les nécromanciens n'étaient plus à l'attaque : ils utilisaient leurs macabres marionnettes comme des boucliers mouvants pour survivre.

Le mage Dragnor riposta encore et encore, mais cette fois, Ravetan et Fléotan anticipèrent. Levant leurs mains en même temps, ils murmurèrent un contre-sort. Une barrière d'ombre se matérialisa devant eux, absorbant l'éclair de glace dans un sifflement.

Profitant de cette ouverture, Fléo leva la voix, scandant une incantation plus longue et plus complexe. Les corps des Dragnors qui venaient de tomber se dressèrent à leur tour, mais cette fois, au cœur des lignes ennemies.

La confusion se mua en panique. Un Dragnor, voyant son camarade se relever pour le mordre, recula d'effroi. Un de leurs dragons, poussé par son cavalier terrifié, cracha un torrent de flammes pour dégager une ligne de revenants, incinérant amis et ennemis dans le même souffle de feu. Le défilé était devenu un enfer vivant.

Ravetan sentait ses forces s'épuiser. Il devait agir, trouver cette ouverture fatidique, et vite. Et elle vint d'une manière tragique. L'un de ses propres dragons tomba du ciel, mort, son corps s'écrasant sur une rangée rivale et créant la brèche qu'il attendait. Il n'hésita pas. Il se téléporta à travers le chaos, apparaissant directement sur le mage dont l'attention était détournée. Les doigts de son gant s'enfoncèrent dans la gorge du Dragnor. D'un coup sec, il lui arracha la trachée dans un geyser de sang. Mais il était trop tard. Le mal était fait. Les Dragnors, bien que désorganisés, se resserrèrent comme une mâchoire d'acier. Il ne restait plus qu'une poignée de fidèles à Ravetan, acculés contre la paroi de la falaise, leurs visages blêmes de terreur.

Chapitre 16

Le Prix du Sang

Ravetan est piégé. Ses hommes, les quelques survivants, sont encerclés. Il n'y a plus d'échappatoire. Une lueur de folie désespérée brille dans ses yeux, vides de toute raison, rendue à un point de non-retour.

La bile de la fureur monte dans la gorge de Fléo. Il serre les dents jusqu'à s'en faire mal, dévoré par l'envie de leur faire payer, à ces charognes. Il avance, prêt à se battre, avide de prouver qu'il n'est pas inutile, qu'il a sa place dans ce carnage.

Mais Ravetan lui fait signe d'arrêter et entame son invocation. Fléo n'y prête pas attention, le feu de sa rage lui martèle les entrailles. Il se précipite, haletant, ses doigts fouillant frénétiquement ses bourses, à la recherche du moindre ingrédient : poudre, osselet, symbole… n'importe quoi. Dans un geste instinctif, désespéré, il pose sa main sur l'épaule de son père.

Celui-ci se tourne vers lui. Ses yeux sont entièrement blancs, révulsés, les veines de ses tempes palpitant sous une peau tendue à l'extrême. Une terreur pure, plus froide que la glace, fige les entrailles de Fléo. Les monstres devant lui ne sont que des soldats; la véritable abomination, le gouffre qui menaçait de tout engloutir, c'est son propre père.

Sans un mot, un mur d'énergie invisible percute Fléo. Il est projeté en arrière comme un pantin désarticulé, ses os craquent sous l'impact. Il retombe violemment sur le dos dans un bruit sourd de chair et de métal, le souffle expulsé de sa poitrine. Quand il relève la tête, le crâne bourdonnant, Ravetan récite déjà des formules dans une langue qui écorche l'air.

Le sol se fracture sous ses pieds dans un grondement tectonique. Une faille béante s'ouvre, crachant un effluve de soufre suffoquant qui brûle les poumons. La sueur perle sur le front de Fléotan, sans qu'il sache ce que son père est en train de faire.

Puis elle surgit.

Dans un bruit de succion immonde et de craquements d'exosquelette, la créature se hisse hors de la brèche. Son corps segmenté, interminable, colossal, grotesque, se déploie. Une carapace suintante, d'un noir huileux.

Un mille-pattes des Enfers.

Une abomination titanesque. Ses appendices innombrables ne sont pas des membres, mais des lances barbelées de chitine sombre, effilées comme des sabres de cristal damné.

Tous reculent, un hoquet de terreur collectif s'échappant des gorges. Le silence tombe, lourd et oppressant, uniquement brisé par le cliquetis métallique et sec des antennes de la bête qui palpent l'air, un son de serpent-sonnette amplifié mille fois envahit les tympans.

Un Dragonnier noir, plus fou que téméraire, charge en hurlant, sa lame levée. La créature se meut dans un flou cauchemardesque, une fluidité glaçante. Un claquement humide et vif résonne. Le Dragnor est tranché net en deux. Le torse, sectionné à la taille, glisse de ses jambes dans une cascade de sang et d'intestins, les deux moitiés s'écrasant au sol avec des bruits distincts et écœurants. On voit son visage encore animé, cherchant son oxygène, les yeux roulent dans toutes les directions, désorientés, incapables de comprendre ce qui l'a frappé. L'un des Dragnors vomit malgré lui sous l'horreur de la scène, le jus et les grumeaux coincés dans sa barbe.

Ravetan ne bronche pas. Il murmure le nom de la créature, un son inaudible dans le chaos, mais elle l'entend.

La bête se tourne vers lui et rampe lentement, ses pattes crissant sinistrement sur la pierre. Fléo retient son souffle, certain que le monstre va les éventrer. Mais non. Elle s'immobilise devant lui. Soumise.

Dans une langue ancienne, crissante comme des os frottés l'un contre l'autre, Ravetan prononce ses ordres. La créature hoche ce qui lui sert de tête, un mouvement saccadé et lugubre. Tout semble figé. Le monde avait cessé de tourner, suspendu à un fil invisible.

L'un des Dragnor s'écrie. "Quelle est cette horreur?" On entend les armures trembler d'effroi.

Puis… dans un éclair de mort, elle pivote. Un frisson glacé parcourut les rangs : chaque guerrier sentit des yeux fantômes scruter son âme, prêts à les dévorer vivants. Sa mâchoire s'ouvrit lentement, laissant suinter un liquide visqueux couleur rouille, fumant presque, comme si la chair qu'elle avait goûtée continuait d'y brûler.

Fléo sent un instant d'espoir absurde le traverser. Il pense qu'elle va se jeter sur l'ennemi.

Mais non. Elle se retourne… contre leurs hommes.

Les pattes-lames s'abattent. Elles ne coupent pas, elles déchiquettent. Une jambe chitineuse empale un soldat par la poitrine, le soulevant de terre alors que son cri se noie dans un gargouillis sanglant. Un autre est éventré d'un seul coup transversal, ses entrailles fumantes se déversant sur la roche froide. C'est un massacre, une boucherie d'une rapidité terrifiante.

Et enfin, elle se tourne vers son maître.

Fléo regarde, paralysé, impuissant, les pattes noires s'enfoncer dans le ventre de Ravetan dans un bruit horrible de métal froissé et de chair déchirée. Les lames lui traversent le torse et ressortent dans son dos, dégoulinantes de sang. Ravetan ne crie pas. Alors qu'un amas de viscères fumants s'écroule à ses pieds, ses yeux sont fixés sur le ciel, et dans un dernier souffle meurtrier, il scelle l'incantation.

Le sang de la douzaine de sacrifiés et le sien se déversent en un torrent pourpre qui sature la terre. La boue grogne et bouillonne, comme si elle était vivante. Dans ce mélange maudit, quelque chose prend forme, s'extirpe de la glaise sanguinolente. Dix hommes de haut. Une gueule fendue par un hurlement venu des tripes de l'enfer, un son si puissant qu'il fait vibrer les parois rocheuses. Tous ceux présents ont pour réflex de bloquer leurs oreilles, sentant leurs tympans à la limite de la perforation.

Et Fléo veut crier, mais est pétrifié.

Les dernières paroles de Ravetan résonnent dans le silence qui suit le rugissement, mettant fin à l'incantation : "Á ara, coita! Hrestale nó cemen!"

Le Golem titube dans un premier temps, ses mouvements massifs et maladroits. Le sol tremble sous son poids. Une de ses jambes colossales, faite de terre et de sang coagulé, s'abat sans discernement, écrasant dans un fracas assourdissant de métal et d'os les Drumains et les dragons les plus proches. Fléo sent un frisson glacial le parcourir. S'il n'avait pas été projeté en arrière par Ravetan, il serait maintenant une simple tache sanglante, une bouillie de chair et muscles mêlée à la glaise. L'espace où il se tenait n'est plus qu'un cratère fumant.

Puis, la créature se stabilise. Sa tête informe pivote lentement, sa gueule béante fixant les Dragnors restants qui, paralysés par la terreur, commencent enfin à fuir.

Un Dragonnier, plus vif que les autres, parvient à grimper sur son âme sœur. La bête s'élève dans les airs dans un battement d'ailes puissant, semblant sur le point de s'échapper. Mais le Golem lève un bras immense. Ses doigts de boue et de roche se referment sur la queue du dragon avec une force inouïe, stoppant net son ascension. Le guerrier hurle des ordres, mais sa monture n'arrive pas à se dégager.

D'un mouvement sauvage, le titan tire la créature vers le bas et la fouette violemment contre la paroi de la falaise. Fléo voit le corps du Dragonnier s'écraser contre la pierre, explosant en une bouillie de sang et d'os en même temps que sa monture l'aplatissait, finissant de broyer ce qui restait de lui entre sa propre chair et le roc.

Mais le Golem n'en a pas terminé. Dans un autre mouvement monstrueux, il utilise la carcasse agonisant de l'animal telle une massue improvisée, l'abattant sur les fuyards au sol. Le titan laisse derrière lui des amoncellements de corps pulvérisés par la violence de l'impact. Ce n'est qu'après plusieurs coups dévastateurs qu'il lâche enfin ce qui subsistait de la charpente du dragon, la jetant de côté comme un vieux linge humide et disloqué.

Le massacre est absolu. Chaque pas du Golem est un tremblement de terre qui fait trébucher les fuyards. Son immense pied s'abat sur un groupe de soldats, les broyant en une pâte écarlate de sang et d'organes qui gicle sous la pression. Le son est un mélange de craquements juteux et monstrueux. Il tend un bras, et fauche une ligne de Dragnors comme de simples épis de blé, leurs corps disloqués sont projetés contre la paroi de la falaise où ils éclatent dans un bruit mat. Un guerrier plus courageux se retourne et plante son épée dans la jambe du colosse; la lame s'enfonce sans effet, comme dans de l'argile épaisse. Le Golem ne le remarque même pas. Sa main gigantesque descend, attrape le malheureux et le serre. L'armure se déforme, les os craquent, et l'homme éclate dans le poing du monstre tel un fruit trop mûr, une pluie de viscères et de sang dégoulinant entre les doigts de terre.

Alors que le Golem poursuit sa besogne macabre, la créature des ténèbres, le mille-pattes, se meut. D'une vitesse fulgurante, l'une de ses pattes-lames s'élance et empale un Drumain blessé qui gît au sol. Le cri de l'individu est coupé net. Sans un bruit, la bête le traîne, se contorsionnant, vers la faille encore béante. Elle glisse à l'intérieur, entraînant sa victime dans les profondeurs infernales, et la brèche se referme sur elle-même comme une plaie qui cicatrise instantanément, coupant court aux échos de terreur et ne laissant derrière elle que l'odeur du sang et le carnage du Golem.

Alors que le titan de boue s'éloigne, achevant les derniers fuyards, un Dragnor qui avait fait le mort se relève parmi les cadavres. Le mouvement attire l'attention de Fléotan. Sa terreur se transmue aussitôt en une rage blanche et incandescente. Le jeune nécromancien ne réfléchit plus. Son regard passe du corps sacrifié de son père au Dragnor qui a survécu au massacre. Il se relève, la mort aux dents comme seule chanson pour l'accompagner. Il ouvre une main tordue, canalisant l'énergie comme il l'a appris tout au long de la dernière année. Mais ce qu'il s'apprête à faire n'existe dans aucun livre, aucun conte. Il suit son instinct, sa part de Dragnor en lui qui crie vengeance.

Il concentre son essence au bout de ses doigts à une vitesse fulgurante. Une sphère d'un blanc turquoise aveuglant se matérialise, crépitant d'un grésillement électrique instable. L'ennemi finit par croiser ses yeux. En un instant, le regard préoccupé du Dragnor fait place à la crainte, puis à la terreur limpide. Fléotan s'avance d'un pas lent et décidé, son incantation d'énergie pure pulsant dans sa paume. Il baisse légèrement la tête, sans jamais rompre le contact visuel avec l'individu de plus en plus paniqué. Tel un taureau, il charge. Au sommet de sa course, il pivote sur ses appuis, et son bras fouette l'air, propulsant la sphère, comme le rocher d'une catapulte.

Pour les deux Drumains, le temps semble se distendre à cet instant même. La sphère double de grosseur en plein vol. L'ennemi lève sa main dans un geste de protection désespéré. Le projectile éclate au contact de sa paume comme une outre remplie d'acide. L'énergie liquide l'asperge. Le fluide crépitant ne brûle pas, il dissout. La peau grésille et s'évapore, les muscles se liquéfient en une bouillie fumante, les os se fracturent en morceaux avant de se désintègrent en une fine poussière. Un cri d'agonie inhumain retentit, une souffrance si absolue qu'elle subsiste en un écho spectral bien après que sa source ait cessé d'exister.

Fléotan reste là, figé, à observer l'endroit vide où l'individu se tenait, il y a une fraction de seconde. Ce qui n'a duré qu'un instant lui a paru une éternité. Reprenant son souffle, les poumons en feu, il se demande d'où lui vient cette incantation. Il vient d'inventer une arme terrifiante et a fait sa première victime. Ses yeux exorbités balaient la scène de carnage, puis son regard s'arrête sur le cadavre de son père. Les dernières paroles de Ravetan résonnent dans son esprit, aussi claires que si elles venaient d'être prononcées : *"S'il m'arrive quoi que ce soit, tu dois récupérer la clef et aller trouver la porte, la serrure du nord. Promets-le-moi. Tu vas aller chercher le coffre."*

L'épuisement s'immisce en lui, une fatigue sournoise et implacable. Il se rapproche de la flaque ensanglantée et s'agenouille dedans, à côté de son père. Il prend la dague de Ravetan. Il regarde la main inerte de son paternel. Cela semble trop dur à faire. Il ne peut pas. Il s'élance une première fois, mais s'arrête, le cœur au bord des lèvres, son estomac rapatrie les restes de son repas, prêt à les expulser en guise de protestation. Il ferme les yeux et répond à voix haute à la mémoire de son père. "Oui, je te le jure."

En rouvrant les paupières, il empale la paume de son père. La lame s'enfonce, sépare la chair en deux, exposant le réseau sanglant des muscles, des tendons blancs et de l'os. Il dépose la dague à sa propre ceinture, prend une inspiration tremblante avant de plonger ses doigts dans la plaie. Le corps est encore chaud et n'offre aucune résistance, mais l'extirpation de la phalange s'annonce plus difficile que prévu, comme si la dépouille refusait de quitter son propriétaire. Il ne peut pas s'attarder. Ils ont repoussé l'ennemi, mais celui-ci sait désormais où les trouver.

Par une ironie amère, il regarde le visage de son père, crispé de douleur, les yeux toujours ouverts, et murmure : "Tu n'as jamais lâché l'affaire durant ta vie. Tu ne donnes jamais rien sans un effort, même après la mort."

Comme si le cadavre l'avait entendu, l'os se disloque avec un petit craquement. Fléotan peut enfin le retirer de la main mutilée, sa mission macabre commence.

Chapitre 17

La Balise d'une Lettre

La porte de la taverne s'ouvrit. L'arrivée des survivants avait déjà été annoncée par un guetteur, et l'atmosphère était lourde.

Deux Drumains entrèrent, le visage long d'épuisement, traînant entre eux un Fléotan qui marchait difficilement, plus par absence de volonté que par faiblesse physique. Thalyss se précipita pour les aider. Il lui était impossible de connaître leur état tant ils étaient recouverts de sang, mais elle demanda tout de même : "Est-il correct?"

L'un des hommes répondit d'une voix écœurée : "Je crois que oui. Il semble juste avoir abusé de son énergie. On l'a retrouvé couché sur le cadavre du nécromancien."

L'annonce fut accueillie comme une claque froide en plein visage. Après avoir assis le garçon près du feu, où il s'affaissa sur la chaise, le regard perdu, elle ordonna à son barman : "Apporte-nous du fort. Une chope de whisky à la menthe rosée."

Le tavernier s'exécuta, alignant les bocks sur le comptoir avant de les remplir une à une. "Où sont les autres?" demanda-t-elle à l'un des gardes qui avait pris place non loin.

"Les autres? Quel autre?" répondit-il amèrement. "Ce fut une véritable boucherie. Il ne reste plus que nous. Ils avaient un mage dans leurs rangs qui nous a pris par surprise. Si ce n'était du sacrifice de ce fou de nécromancien, il n'y aurait même pas eu de survivant."

"Et pour les Dragnors?"

L'autre, qui était resté debout, laissa tomber le tissu ensanglanté, renonçant à nettoyer son visage. Il répliqua en tremblant : "L'ennemi fait partie du passé. S'il n'est pas mort, il ne doit pas être fort." Il secoua la tête, un rictus amer aux lèvres. "Mais n'appelez pas ça une boucherie. Une boucherie, c'est encore Drumain. Ça… c'était l'enfer qui s'ouvrait sous nos pieds."

Fléotan revenait tranquillement à lui quand Skarn arriva à ses côtés avec le gobelet de boisson. Elle le lui tendit en disant de sa voix mielleuse : "Tiens, bois ça tant que c'est chaud, ça va te remonter un peu."

Il prit une lampée, suivie d'une grimace. N'ayant pas l'habitude de l'alcool, sa gorge lui brûla et une toux l'agrippa par surprise. Thalyss attrapa sa main avant qu'il ne renverse le contenu. Fléotan demanda, la voix enrouée : "Avons-nous gagné?"

"On ne gagne jamais contre les Dragnors," répondit Thalyss, son ton s'adoucissant superficiellement. "Chose certaine, on a gagné du temps. Mais ça ne sera plus sûr pour toi ici. Ils savent où tu es et tu peux me croire, après une défaite comme celle-ci, ils ne lâcheront pas aussi facilement."

Fléotan tenta de se lever, déclarant d'une voix faible : "Je dois aller finir la pierre de sang…" et retomba aussitôt sur sa chaise.

Thalyss le regarda, les yeux sombres, une étincelle de tristesse mêlée à de la colère. "Écoute… pour l'instant, tu te reposes. C'est fini pour aujourd'hui. Demain, tu reprendras là où tu en étais… mais pas maintenant. T'es épuisé. Au premier bateau… je t'embarque, avec assez de Draglions pour traverser… pour que tu retrouves ta mère. Je te le dois… à ton père."

Elle lui tourna le dos, le temps de reprendre le contrôle de son visage, puis marqua une pause avant de rajouter : "Et tu écriras une lettre à ta famille. Je m'occuperai de la lui faire acheminer le plus rapidement possible."

Fléotan ne répondit pas. Il hocha simplement la tête, le regard toujours fuyant.

La nuit fut longue. Il resta assis près du foyer, perdu dans les limbes de ses pensées. Il accepta sans un mot un bol de ragoût que Skarn lui apporta, mangeant mécaniquement, le goût des aliments aussi absent que l'espoir dans son cœur. À l'occasion, l'épuisement le terrassait et il s'assoupissait quelques instants, la joue collée au bois rugueux de la table, pour être réveillé en sursaut par le souvenir de son père, le ventre ouvert, pourfendu par cette créature des enfers qui revenait le hanter.

Il commanda un autre verre de fort, souhaitant que l'alcool engourdisse le mal qui le rongeait de l'intérieur. Après un moment, ses doigts errèrent dans ses poches, une habitude nerveuse. Ils butèrent contre plusieurs petites billes, dures et froides. Il en extirpa une, la faisant rouler entre son pouce et son index. C'était l'une des balises que son père avait conçues.

Une vague de rage amère le submergea. Il se leva d'un bond, sa chaise raclant bruyamment le sol. "À quoi bon avoir une balise pour le retrouver s'il est mort?" hurla-t-il à la pièce silencieuse. D'un geste violent, il lança la bille dans le feu.

Une petite détonation sourde fit sursauter les quelques clients encore présents. Des étincelles crépitèrent et, au cœur des flammes, Fléotan découvrit sans surprise un golem de feu se former et courir entre les bûches ardentes. Étrangement, cette vision le détendit, et l'ombre d'un sourire apparut sur son visage. Cependant, il ne s'attendait pas à voir le minuscule bonhomme s'arrêter brusquement, se retourner et le fixer de ses yeux de braise.

La voix de son père, rauque et distordue par le grésillement du foyer, sortit de la bouche du petit être. "Bonjour, mon grand… Tu me cherches?"

Fléotan crut halluciner. Il se laissa retomber sur sa chaise. "Je dois avoir bu un verre de trop," se dit-il en se frottant les yeux.

Mais le golem continua : "Je suis désolé de t'avoir abandonné comme cela. Ce n'était pas mon intention, mais je ne voyais pas d'autre solution afin que tu puisses survivre."

Fléotan ouvrit la bouche pour poser une question, mais la créature de feu crépita, fit une dernière pirouette et fondit en un petit tas de cendres noircies. "Non… Non!" s'écria furieusement Fléotan.

Sans réfléchir, il sortit rapidement une nouvelle bille de sa poche et la lança directement dans le foyer, se rapprochant des flammes, le cœur battant à tout rompre. Il devait savoir s'il devenait fou.

Le golem se reforma dans une nouvelle détonation. "Rebonjour," dit la voix de Ravetan. "Tu n'as pas pris de temps avant de m'appeler à nouveau. Si tu passes toutes tes balises en une fois, tu n'en auras plus pour que je t'aide à trouver la serrure…"

"Suis-je tombé fou?" demanda Fléotan à voix haute, les larmes lui montant aux yeux.

"Non, rassure-toi, mon fils… tu n'es pas fou. Reprends-toi. Ton voyage ne fait que commencer. Tu sais ce que tu as à faire."

Fléotan hocha la tête, incapable de parler. Les autres clients l'observaient, ne voyant qu'un gamin en deuil qui fixait un jouet magique crépitant comme un feu d'artifice dans l'âtre. Ils n'entendaient pas la voix du nécromancien.

Ravetan, incarné par le sortilège, y alla d'une dernière déclaration : "Je dois partir. Tu sais bien que ce petit tour de passe-passe ne dure que quelques minutes. Je t'aime, mon grand. Ne gaspille pas les autres balises."

Une dernière lueur rouge jaillit, puis le golem s'effondra dans l'ombre, inerte.

Un long silence s'installa. Fléotan resta un moment à fixer les cendres, le visage baigné de larmes. Puis, avec une nouvelle détermination dans le regard, il se tourna vers le barman.

"Un parchemin et une plume." Puis, il attendit patiemment.

Le serveur s'exécuta sans un mot. Une fois le matériel devant lui, Fléotan trempa la plume dans l'encrier, sa main ne tremblant plus.

Chère mère, chère sœur,

Je sais que vous pleurez déjà Volcan. C'est avec un cœur lourd que je dois ajouter à votre chagrin, car notre père est mort lui aussi. Il a été tué cette nuit dans une embuscade des Dragnors. Je n'ai rien pu faire, si ce n'est assisté, impuissant, à ce massacre. Je vous jure de venir vous retrouver un jour, mais pas maintenant. Je dois exaucer ses dernières volontés.

Dans la lettre de père, vous devriez avoir reçu un paquet, un artefact rare que j'ai fabriqué avec lui et qui me servira à vous rejoindre. Ne le perdez pas, conservez-le précieusement. Entre-temps, je vais partir avec le premier navire qui fera la traversée pour me rendre sur le continent du Cœur, puis je me rendrai sur votre continent du Nord. Cependant, ma destination ne sera pas la vôtre... pas encore. Je dois monter au nord, dans les montagnes glacées. Ce voyage s'annonce périlleux, mais il sera sûrement moins pire que l'endroit où je me trouve en ce moment même.

Les mots me manquent pour vous dire à quel point il me tarde de vous revoir tous.

Chapitre 18

Sang Adieux

Une semaine s'était écoulée. Une éternité passée dans une brume de deuil, d'épuisement et de détermination froide. Dans le silence du laboratoire, éclairé uniquement par les champignons phosphorescents, Fléotan posa la dernière pellicule d'énergie sur le noyau. Il n'y avait plus d'hésitation, il lui restait que peu de temps pour finalisé.

Quelque heure plus tard, la seconde Pierre de Sang pulsa entre ses mains, vivante. Il laissa échapper quelques mots dans la pièce vide, comme lancés aux quatre vents. "Elle est enfin finie, père. Je n'aurais pas le temps de faire la troisième, celle-là devra suffire."

Il ne pouvait s'empêcher d'être triste. C'était le premier vrai projet concret qu'il avait partagé avec son père, et il n'avait pas eu la chance de le compléter avec lui. Cet artefact devait être l'outil qui ramènerait Ravetan auprès de sa bien-aimée, qu'il n'aura jamais eu l'opportunité de revoir.

À peine deux lunes s'étaient levées qu'on annonça l'approche d'un navire marchand. Il n'accosterait qu'une seule journée, le temps de charger ses vivres et de déverser sa cargaison. Ce fut le signe que l'heure était venue.

Le moment du départ fut sobre. Fléotan avait rassemblé ses quelques affaires dans des sacoches de selle usées : des vêtements chauds, des provisions, le reste des balises, la dague de son père. La Pierre de Sang et son bâton de nécromancien furent confiés à son propre espace de garde-robe pour jouet. Enfin, il enveloppa précieusement son œuf de dragon dans un tissu et l'assujettit en bandoulière, contre son cœur.

Thalyss l'attendait sur le quai, immobile, les bras croisés. Le vent marin rabattait ses mèches sombres contre son visage, qu'elle ne prit pas la peine de dégager. Elle lui tendit une lourde bourse qui tintait du son des Draglions.

"Il y en a plus qu'assez," dit-elle simplement. Sa voix, d'ordinaire ferme, vibrait d'une nuance qu'il ne lui connaissait pas. Elle détourna légèrement le regard, comme pour éviter que ses yeux ne trahissent ce que ses mots ne diraient pas. "Fais attention à toi, gamin."

Fléotan ouvrit la bouche, mais aucun discours ne vint. Un "merci" s'échappa de ses lèvres, si faible que le vent de la mer faillit l'engloutir.

Skarn, elle, avait moins de facilité à retenir ses émotions au garde-à-vous. Elle lui tendit un paquet d'herbes rares aux multiples usages et un sac de graines, mais au moment de les lui donner, sa main s'attarda un instant de trop sur son épaule. "Peu importe où tu vas, fais en sorte que la terre continue de te répondre. Tant que quelque chose pousse, tu n'es jamais seul." Sa voix s'étrangla, et elle baissa les yeux avant qu'il ne voie ses larmes.

Certains des clients qui s'étaient attachés à leur présence étaient venus assister à son départ. L'un d'entre eux y alla d'une déclaration simple, mais qui représentait le sentiment du groupe : "Rien ne sera plus comme avant sans toi."

Il jeta un dernier regard à la taverne, ce repaire de blessures et de vérités. Ses souvenirs s'agrippèrent à lui comme des chaînes invisibles. Puis il monta à bord du navire marchand, déterminé à ne plus jamais se retourner.

La traversée dura des mois. Des lunes de sel, de vent et d'isolement, où les seuls compagnons de Fléotan étaient les démons de ses souvenirs et de la voix de son père dans les flammes. Son âme sœur prisonnière de la mort dans son œuf servait à l'occasion de confident.

Il passa ses journées à étudier les quelques grimoires qu'il avait pu emporter, ses doigts tremblants de froid suivant les lignes d'encre comme si elles pouvaient combler le vide laissé par la solitude. Ses propres pouvoirs grandissaient, nourris par le chagrin et l'exaspération. Mais parfois, les livres ne suffisaient plus. Alors il montait à la proue du bateau, le regard perdu dans l'horizon sans fin, et formait une sphère d'énergie instable qu'il lançait de toutes ses forces dans l'océan. L'explosion embrasait les vagues d'une lumière violacée, mais la mer, indifférente, engloutissait sa colère comme si elle n'avait jamais existé. Ces moments le laissaient plus épuisé encore, tremblant de frustration, mais incapable de s'arrêter.

Cela faisait un peu plus de deux ans que la guerre avait scindé sa famille en deux. Et alors qu'il se rapprochait finalement d'eux, il avait la sensation amère que chaque distance parcourue sur l'océan l'éloignait toujours plus d'eux. Pourtant, une force obscure le poussait en avant, une route qu'il ne comprenait pas, mais qu'il savait inévitable, qu'il s'agisse d'un appel du destin ou d'une malédiction de l'âme.

Le continent du Cœur ne fut qu'une étape, foulée à pied et à cheval avec une seule obsession : rejoindre l'autre rive. Enfin, il atteignit la côte ouest. L'odeur du sel le frappa comme un coup de poing, le projetant deux ans en arrière.

Il est à genoux, le visage vide. Le sol est froid. Thalyss est à ses côtés, une lourde outre à la main. "Il n'y a pas de terre sacrée ici pour vos rituels," murmure-t-elle, sans pitié, mais non sans respect. "Mais il y a du sel. Des tonnes. Pour préserver. Pour que rien ne suive." Il la regarde verser le fleuve blanc et granuleux qui recouvre lentement le visage de son père. Ce n'était pas une cérémonie, c'était une mesure de confinement. L'ultime précaution d'un fils qui savait trop bien ce que les morts pouvaient devenir, surtout un défunt de cette puissance.

Fléotan cligna des yeux, chassant le souvenir glacial. Le jeune homme qui se tenait face à l'océan n'avait plus de larmes à verser. Il avait laissé les dernières en accomplissant son premier acte de gardien. Le premier continent lui avait volé son père; celui-ci lui avait pris sa jeunesse. Il était temps que la mer l'emporte loin de l'un comme de l'autre.

Un second navire, plus robuste et conçu pour affronter les glaces, l'emmena vers les côtes gelées du Nord. Il ne connaissait pas ce froid sec et mordant. Il avait déjà vu la neige, mais jamais plus qu'une fine pellicule qui recouvrait à peine le sol.

Là, l'argent de Thalyss lui permit de s'acquitter des services d'un guide local. C'était un vieil homme taciturne du nom d'Ulfric, dont le visage buriné semblait avoir été taillé dans la même roche que les montagnes environnantes. Sa peau, tannée par le vent glacial, était d'une teinte légèrement plus sombre que le blanc-bleu de son compagnon, et il disparaissait presque entièrement sous un lourd manteau de fourrure d'un blanc immaculé.

Son regard expert balaya Fléotan de la tête aux pieds, s'arrêtant sur ses vêtements de voyage. Un grognement désapprobateur s'échappa de sa gorge. "Tu ne feras pas dix pas là-dedans. Le gel te prendra avant même que tu aies faim."

Ulfric se tourna vers sa monture, un dragon des glaces qui ressemblait à un lézard colossal. Dépourvu d'ailes, Frosk, tel était son nom, possédait un corps massif et bas. Le long de ses avant-bras, des rangées de crocs chitineux pointaient vers l'arrière, des crampons naturels. Il sortit une épaisse pelisse blanche de l'un des paquetages de la créature et la jeta aux pieds de Fléotan. "Prends ça. C'est le prix, en plus de mon guidage."

Fléotan regarda la fourrure immaculée. "Autre chose," dit-il, sa voix ferme.

Le vieil homme plissa les yeux. "Pardon?"

"Je veux autre chose. Pas du blanc."

L'agacement d'Ulfric était palpable. "Gamin, ici, le blanc est la couleur de la survie. C'est la couleur de la neige, du brouillard, de la glace. C'est la couleur qui te garde en vie en te rendant invisible."

"N'importe quoi d'autre," insista Fléotan.

À contrecœur, maugréant dans sa barbe, le guide fouilla de nouveau dans son paquetage et en sortit une autre fourrure, d'un beige sableux tacheté de noir. "Tiens. C'est une peau de lynx des neiges. Plus rare, donc plus chère."

Fléotan paya sans discuter. En enfilant le manteau, il sentit une chaleur presque oubliée l'envelopper. Ulfric compta les pièces avant de conclure, d'un ton sentencieux : "Retiens bien ça, gamin… Là où tu vas, le camouflage est aussi important que la chaleur. Cette fourrure te tiendra au chaud, mais elle fera de toi une cible sur la neige."

Une fois la transaction terminée, Fléotan put enfin observer la monture du guide. Frosk, un dragon des glaces, ressemblait à un lézard colossal. Dépourvu d'ailes, il possédait un corps massif et bas, taillé pour la puissance. Le long de ses avant-bras, des rangées de crocs chitineux et recourbés pointaient vers l'arrière, des crampons naturels pour s'agripper à la glace. Sa peau d'un blanc-bleu était parsemée de plaques qui scintillaient comme du givre, et il se déplaçait avec une grâce surprenante. Il glissait sur les étendues gelées, son ventre et la membrane de sa queue se gonflant légèrement pour le faire flotter sur la glace la plus fine, le transformant en un hydroglisseur organique et silencieux.

Leur progression était rythmée par le crissement de la glace sous les griffes du dragon et le sifflement du vent. Une voix profonde et grave, comme le craquement d'un glacier, s'éleva de la gorge de la créature. "Il est léger… mais il sent la tristesse. Et ça, c'est lourd."

Fléotan sursauta, son regard se posant sur l'œil saphir du dragon des glaces qui le fixait.

"Frosk est curieux," expliqua Ulfric sans tourner la tête. "Il n'a pas l'habitude de transporter autre chose que des marchandises ou des cadavres. Tu es une nouveauté."

La nuit tomba brutalement. Ulfric choisit un affleurement rocheux comme abri et alluma un feu. Frosk s'enroula en un croissant protecteur autour du foyer. De son bras extérieur, il saisit l'épaisse peau flexible de sa queue et la déploya au-dessus d'eux, créant un dôme charnu et isolant.

"T'es sûr de vouloir t'aventurer par là?" reprit le vieil homme. "Tu es aux portes du Grand-Nord. On dit qu'il y a des peuples et des bêtes sauvages sans merci qui y vivent…"

Après des heures d'un silence glacial le lendemain, Ulfric arrêta sa monture. Devant eux se dressait une chaîne de montagnes colossales, des crocs de pierre et de glace qui déchiraient les nuages.

"C'est ici que je te laisse," annonça le guide.

Fléotan regarda les parois presque verticales. "Mais… il peut grimper, n'est-ce pas?"

"Il peut grimper," concéda Ulfric, son ton ne laissant aucune place à la discussion. "Mais nous n'irons pas plus loin. Le contrat est rempli."

Le dragon le déposa sur un plateau rocheux. Alors que Fléotan se préparait à partir, la voix grave de Frosk retentit une dernière fois. "La montagne ne pardonne pas l'hésitation. Si tu y vas, ne regarde pas en arrière."

Fléotan tendit une pièce supplémentaire au vieil homme. "C'est mon destin," répliqua-t-il simplement. "Je n'ai pas le choix."

Ulfric accepta Draglions, son œillade balayant les sommets hostiles.

Seul, face à l'immensité blanche, Fléotan entama son ascension, chaque pas le rapprochant de la serrure de son père et de son propre destin.

Épilogue

Le Serement de Glace

Le vent n'avait pas de crocs et pourtant il mordait la chair plus profondément que n'importe quel prédateur. C'était une force qui cherchait à l'écraser, un gémissement infini semblant naître des os mêmes du monde. Fléotan avançait dans ce hurlement blanc, chaque pas s'enfonçant dans une neige traîtresse qui engloutissait ses appuis. Son corps n'était plus qu'un pantin désarticulé, malmené par des bourrasques si féroces qu'elles semblaient vouloir lui arracher l'âme par la gorge. Quelle folie avait bien pu l'amener jusqu'ici, dans l'endroit le plus austère de la planète? Sur une montagne blanche comme un doigt d'honneur dressé au-dessus du trou du cul du monde, il se battait contre les éléments.

Juste un pas de plus, se répétait-il, le mantra devenant une litanie absurde. Encore un…

Soudain, sans qu'il ne puisse dire comment, ses pieds glissèrent sur une plaque de glace invisible sous la poudreuse fraîche. Il s'étala sans un cri, le choc lui coupant le souffle et brisant le silence funèbre. Il resta là, simple tache sombre dans l'infini, haletant, le givre déjà en train de sceller ses paupières.

"Merde…" Le mot s'échappa en nuage de buée, aussitôt dévoré par le vent. La colère monta, chaude et inutile. Se relever. Il fallait se relever. Avec la force d'un animal décapité dans sa course, il parvint à s'asseoir.

Il jeta un regard en arrière, vers le chemin qu'il avait parcouru. Mais la tempête était là, telle une maîtresse vorace, elle ouvrit la bouche avalant ses traces à mesure qu'elles se formaient, effaçant tout souvenir de sa progression. Elle n'avait aucune pitié, elle ne lui ferait aucun cadeau, cette putain demandait d'être payée et le prix risquait d'être sa vie. Le monde l'avait dépouillé de toute illusion aujourd'hui; elle s'était habillée d'un voile blanc, uniforme et sans fin. Un mariage sans amour, une prison.

Mère… Shina… L'écharde de la culpabilité s'enfonça plus profondément dans son esprit. Quand elles le reverraient, si jamais elles le revoyaient, reconnaîtraient-elles cet homme de presque dix-neuf ans? Ou ne verraient-elles que le fantôme du garçon qu'elles avaient abandonné cinq ans plus tôt?

Il marchait depuis que le monde avait cessé d'exister. Depuis que le sentier avait été effacé. Fléotan ne savait même plus où il se trouvait. Avait-il seulement été proche du but? Impossible à dire.

Il leva ses mains gantées, des blocs de glace inutiles, mais ne distingua rien. La mort n'était plus une abstraction de ses grimoires. C'était une présence, patiente, le souffle froid d'un vautour invisible planant juste au-dessus de lui.

Le fragment de bois fixé à son visage, ultime protection contre le blizzard, ne lui offrait qu'une fente sur le néant. La neige y dansait avec une telle densité que sa propre paume, tenue à quelques centimètres, disparaissait dans le tourbillon.

Et dans le silence assourdissant de son esprit, la voix de son père résonna, aussi claire que le jour où il l'avait entendue pour la dernière fois. "Tu agis comme un imbécile heureux. Tellement insouciant que tu ne prends pas les préparatifs au sérieux. Et ça, Fléotan, ça risque de causer ta mort."

Un goût de fiel remonta dans sa gorge. Mourir en idiot gelé. La rage se tordit en lui, une bête cherchant une cage plus vieille à blâmer que sa propre stupidité.

"Ce maudit œuf." La pensée éclata, brûlante de venin. "Si j'avais eu mon dragon, je serais au-dessus de toute cette merde, planant au-delà de la tempête. La vision fut si claire qu'elle en fut douloureuse : une silhouette puissante dans le ciel, fusionnée avec une bête magnifique. À bien y penser, je n'aurais même pas eu besoin d'être ici… Je serais sûrement au chaud. En sécurité.

L'ironie était à vomir.

Chaque inspiration lui brûlait la gorge, chaque muscle criait grâce. La colère qui l'avait animé au départ s'était consumée, laissant place à une fatigue sourde et rampante. Il pensa à son père. Au moins, lui était mort en sacrifice. Lui allait finir en un simple tas de glace anonyme.

La Pierre de Sang... son ultime espoir. À portée de main, dans cet espace secret qu'il maîtrisait. Il pouvait l'utiliser.

Mais l'invoquer, c'était capituler. Admettre que le sacrifice, la fuite, la promesse... tout avait été vain. Ce serait accepter l'échec, un poison servi dans un verre de martini sur glace. Un apéritif amer avant même que le vrai voyage ne commence. Il ne pouvait pas s'y résoudre. Utiliser la pierre maintenant, c'était signer son échec, lamentable et définitif.

Elle sapa le peu de volonté qui lui restait. Il tenta de former le geste, mais ses doigts engourdis et gourds refusèrent d'obéir. Il essaya de murmurer son intention, mais seul un souffle rauque s'échappa de ses lèvres gercées. Pour invoquer l'artéfact, il fallait de l'énergie, de la concentration, et plus que tout, il devait le désirer. Or il ne le voulait pas. Pas de ce salut-là. Pas de cette fuite honteuse.

Son sanctuaire était devenu sa prison. Il allait mourir à côté de sa porte de sortie, parce qu'il n'avait plus la force d'accepter sa propre défaite.

Ses jambes fléchirent et il s'effondra dans une congère, presque aussitôt englouti. Le froid ne brûlait plus : il caressait. Une couchette traîtresse qui murmurait le repos, la paix morbide. Et tandis que la conscience l'abandonnait, une dernière pensée, un blasphème jeté à la face de l'univers, éclata dans son esprit : "Allez tous vous faire foutre..."

Puis, plus rien. Un silence absolu. Une forme massive et encapuchonnée se dessina dans le tourbillon de pétales de givre. Des mains gantées écartèrent la neige, révélant une silhouette brisée, exposée au monde. La capuche glissa. Un visage dur, des yeux clairs comme la glace. Une inconnue.

Dans le dernier éclat de sa conscience, il ne vit pas une simple femme. Était-ce une déesse, ou la Mort elle-même, venue réclamer son dû? "Qui êtes-vous?" Le souffle peina à franchir ses lèvres. Elle le regarda, puis se pencha sur lui. Le néant l'emporta.

Des bribes de conscience. Une voix douce, ferme, donnant des ordres qu'il ne comprenait pas.

La sensation d'être soulevé, léger. Puis l'obscurité l'aspira de nouveau.

Plus tard, un tunnel de lumière pâle. Une fatigue si lourde qu'elle semblait vouloir le tirer vers le fond d'un océan. Puis, le calme. Le monde était tamisé. Une épaisse fourrure l'enveloppait, un cocon contre le froid qui mordait encore au-delà. Dans le flou de sa vision, une silhouette fragile, nue, glissa contre lui.

Sans un mot, elle se coucha contre son corps, le choc de sa peau contre la sienne, puis la lente propagation d'une chaleur étrangère. Une voix douce chuchota à son oreille : "Tu vas bientôt avoir chaud. Repose-toi. À ton réveil, tout ira bien."

Les paupières de Fléotan se fermèrent, bercées par cette vie nouvelle qui se blottissait contre lui, à la frontière entre la mort et l'éveil.

À suivre…

www.Lios-art.com

Admin@lios-art.com

Édition ScriptoSceptique

9 781998 905317

www.ingramcontent.com/pod-product-compliance
Lightning Source LLC
Chambersburg PA
CBHW070459030726
47503CB00004B/1109